신 대 철

누구인지 몰라도 그대를 사랑한다

누구인지 몰라도 그대를 사랑한다

신 대 철 시 집

창비

차 례

제1부

새 010

저녁눈 011

물방울 012

물방울 아이 013

첫눈 014

눈 오는 길 016

별 017

천장호수 1 018

천장호수 2 019

협곡 1 020

협곡 2 022

바람불이 1 023

바람불이 2 024

그대도 꿈 가까이 025

새와 별 026

광대울 1 027

광대울 2 028

달개비 030

용은별서를 떠나며 032

제2부

패랭이꽃 034

지평선 마을 2 036

지평선 마을 3 038

물돌이동 040

첫눈 속에는 눈사람이 내린다 042

북극 일기 044

오로라 046

한탄강 1 047

한탄강 2 048

북한 전쟁고아 수용소 1 050

북한 전쟁고아 수용소 2 052

검은 눈밭 054

몽골 북한 대사관 앞을 지나 057

빗방울 063

혜성 064

남남북녀 066

고리섬 068

고비 071

고비 사막으로 가는 길 072

고비 삽화 1 078

오도 가도 못하는 시간 080

고요 082

그냥 돌이라고 말하려다 084

무슨 소리 086

고비 처녀 088

악취도 향기지요 090

제3부

마지막 그분 094

매킨리 096

13구역 097

시베리아 1 100

자작나무숲 102

김포평야 105

해, 아이, 수리조합 1 108

해, 아이, 수리조합 2 110

매향리 112

홍주성(洪州城) 114

그대가 누구인지 몰라도 그대를 사랑한다 119

실미도 125

백두대간 금강산 시화전 133

금강산에 살다 죽어도 136

향로봉에서 그대에게 138

온정리 길 140

해설 | 최원식 141

시인의 말 155

제1부

새

눈벼랑 밑에서 새소리 들린다, 토왕폭으로 가던 사람
들도 새소리에 귀 기울인다, 숨쉬려고? 사람 사이로 새가
드나든다, 내려앉을 듯 사람 사이를 빠져나갔다가 손 가
까이 내려앉는다, 사람이 모인다

　소곤소곤
　눈 위를 걸어가다
　빙긋 웃는 새,

　모두들 일행처럼 둘러선다, 언 사람과 햇살과 생강나
무와 상처받은 사람과 찬바람 옆옆 봄사람이 번갈아 마
주본다, 웃는다, 새 날아가자 사람과 사물 사이 사라지고
온기 가시지 않은 그 자리에 둘레만 남는다, 빙긋 빙긋
웃는 모습 같은

저녁눈

눈보라에 밀려
동네 허공에 머물던 들새들
눈 덮이는 들판을 향해
구부러진 나무 꼭대기에 나란히 앉는다
그 나무 밑에 나도 나란히 앉는다

어깨에 쌓인 눈이 훈훈히 젖어든다

물방울

물방울이
풀잎에 매달려 있다
초원을 배경으로
몰래 잎 사이를 비춘다
우박 녹은 자리에
연둣빛 스치고
별꽃 아롱거리고
찰칵

풀벌레들 잎 위로 올라오다
물방울을 톡 떨어뜨린다

물방울 아이

　오동나무숲 속으로 푸른 소나기 몰고 들어간 아이는
어디 갔을까, 그 아이 몰고 올 구름 끝에서 마른번개 번
쩍이고 잎새에 도르르 말리는 천둥소리, 막 튀어나오는
안동네 아이들 속에도 무지개 눈빛이 보이지 않는다, 아
이들 매달린 나뭇가지 옆 베어진 가지에 대롱대롱 나도
거꾸로 매달려본다

　그때 머리끝에 맺히는 물방울 하나
　그 속에 섬광같이 스치는 아이 하나

첫눈

1

눈발 비치기 전에
가슴을 두드리는 눈,
스미지 않고 날리지 않고
서늘히 사라지는 눈,

첫눈은
고향에서 온다.

2

뒷산 능선날
번쩍! 하더니
쭈그렁탱이 해
핏빛만 남는다.

어둑해진 산속. 불쑥 한 소년이 온다. 아랫마을로 내려가다 길손과 우연히 만나 눈 날리는 줄도 모르고 무슨 이야길 하는지도 모르고 이야기 속에 끌려들어가 다음날 그 다음날도 돌아오지 못한 소년이 온다.

소년은 내 옆을 스쳐가다 문득 돌아서서 나를 길손처럼 맞이한다. 영문 모른 채 내 몸에 붙어 서서 그때 그 꿈 같은 이야길 하나하나 침묵으로 바꾸어 돌아간다. 해마다 침묵밖에 줄 게 없어도 소년은 첫눈보다 먼저 왔다 희끗희끗 눈자락만 남기고 간다.

눈 오는 길

막 헤어진 이가
야트막한 언덕집
처마 밑으로 들어온다.
할말을 빠뜨렸다는 듯
씩 웃으면서 말한다.

눈이 오네요

그 한마디 품어 안고
유년 시절을 넘어
숨차게 올라온 그의 눈빛에
눈 오는 길 어른거린다.

그 사이 눈 그치고
더 할말이 없어도
눈발이 흔들린다.

별

마른 계곡에 넘치는
새소리 매미소리에 휩쓸려
금강까지 내려왔습니다.
낙화암 절벽을 마주보고
흰 모래밭에 깎아질러 서서
아이들이 피운 물수제비꽃
위 위로 돌을 날렸습니다.
팽팽해지는 허공 바닥,
비명을 지르지 않으려고
돌돌돌 굴러가는 돌

물수제비꽃이 지면서 아이들도 지고
집으로 돌아서는 순간 날은 어두워오고
내가 날린 돌들이 어깨로 머리로
한꺼번에 쏟아지기 시작했습니다.

밤하늘 아래
별들이 빛나고 있었습니다.

천장호수 1

길 잠겨가고 둑 높아진 뒤 칠갑산 골안개 품에 넣고 야
밤에 고개 넘은 이웃들, 벼루장이 되려고 청라로 들어간
이 석공이 되어 돌아오고 맨몸으로 집을 나간 이 덤프 트
럭 몰고 와 잠시 고개 위에 머물러 있다, 물 밑바닥 산모
퉁이 돌아 논밭 사잇길로 쌀 몇되 꾸어오는 소년과 한강
하류를 전전하다 허리만 굽은 노인이 얼어붙은 수면에서
우연히 얼굴 마주치고 떨고 있는 저녁, 흩날리는 눈발을
내려다볼 뿐 아무도 호수 위를 걷지 않는다.

천장호수 2

    겨울 한철 넘기려고 발길 끊긴 언 호수를 어지럽게 걸었다 노지에 핀 눈발들 피라미떼 몰려가듯 사선으로 획획 방향 꺾는다 앞으로 곧장 걸었으면 금강 하구에서 뜨내기라도 만나 파도 다스리는 바람이라도 맞았으리 얼음 풀리는 호숫가 험한 발자국 찍힌 얼음 조각들 달그락 달그락

협곡 1

1

협곡에 들어왔습니다, 해는 평야 끝으로 내려와 있군요, 은빛 바퀴살을 굴려 먹구름 속으로 들어가는군요, 해와 나란히 물 흐르고 바람 흐르고 새 흐르고 나는 조금씩 길을 바꿔 당신 가까이 이르렀습니다, 당신은 보이지 않지만 누가 오는군요, 당신 몸속에 꽉 차오른 메아리에 실려 당신에게서 당신이 모르는 누가 오고 있습니다, 나를 그냥 지나쳐 가는군요

2

봄 오기 전 여름 보내고 가을 오기 전 벼랑굴에 들어앉은 당신, 하얀 폭포 몇자락 떨어뜨려 벼랑 높이 재보고 굴 속에 굴을 뚫고 들어가 있군요, 협곡 덮어씌운 물안개 밑으로 물소리만 남기는군요, 나는 아직도 무수한 당신 사이를 지나고 있습니다, 저 물소리 당신의 메아리로 들

리면 메아리 울리는 동안 천천히 뒤돌아보며 협곡을 빠
져나가고 싶습니다

협곡 2

　다시 협곡에 들어왔습니다. 물안개 걷히고 당신이 살던 굴 속은 무너졌군요. 잡풀 쓰러진 굴 입구 쪽으로 단풍나무와 떡갈나무 뿌리들이 뒤엉킨 채 암벽을 뚫고 있습니다.

　당신은 죽어서도 평야로 올라오지 못했지만 기러기떼는 논다랑이에 돌아와 있군요. 베어진 벼 밑동에는 새싹 올라오고 이삭이 패고 있습니다. 쭉정이만 남겨도 살아 있는 것은 사력을 다해 올라오는군요. 그때처럼요.

　내 몸속에 떠도는 혼을
　날아가는 기러기떼 울음소리에 풀어놓고
　나는 온 길 잊어버리고
　나도 모르는 길로 돌아갑니다.

바람불이 1

떨어지는 빙폭 속에서
설렐수록 푸르러지는
물방울 한잎 받아
흐르고 싶을 때까지
흐르는 물길 끼고 가다
바람불이로 불려가고 싶다

풀씨 쓸려도 흔들리고
새 날려도 흔들리고

그대 없어도
그대 향해 흔들리는 그곳으로

바람불이 2

흐르는 물 새로 만나면
물살에 따라나오던 얼굴
물 마르면서 억새에 붙어 있고
봄빛 타는 늪지에 묻어나고
흰제비란에 미간만 드러내네

나보다 먼저
바람에 불려가는 그대여
잘 가거라
길 가다 온몸 아려오면
그대 스친 줄 알리

그대도 꿈 가까이
바람불이 3

잘못 든 길이라도

바람불이에서 가을 몇철

가슴멍 풀고 생채기 아물리고

날바람 굴려 살다 나오면

그대도 꿈 가까이

푸른 황야를 달고 있으리

은대리 물거미가

마르는 습지 물웅덩이에

터 잡고 살아보려고

배에 달고 다니는 은빛 공기집처럼

태생이 그러한 것처럼

새와 별

눈싸라기 깔리는 천수답
하얗게 회칠한 담 모퉁이

못 보던 나무에 못 보던 새가 앉아 있었습니다, 다시 보
니 내가 있기 전부터 있었던 새, 굽이굽이 대대로 날아온
새였습니다, 그대는 깎다 만 솟대를 뒤꼍에 박아놓고 사
라졌군요, 불안스레 서성이다 꾹 찍은 낯익은 발자국
무늬들, 제 날개로는 남쪽 어디에도 깃들 수 없었군요,
새 버리고 잠 못 이루고 붉은 별을 향해 바다를 건너가고
있겠군요, 개암, 아그배, 까마중 같은 열매들 떠오르다
눈 속에 파묻혔습니다

떠도는 발밑에
눌러둔 불길 되살아나
돼지 오줌 쩔어붙은
용은별서* 부근을 맴돌았습니다

* 최치원(崔致遠)이 은거하던 집.

26

광대울* 1

　말표 새 운동화 벗어 들고 행인들 피해 냇둑으로 샛길로 맨발로 걸어가다 작은 다릿목에서 볏단 나르던 어른과 마주쳐 달궈진 얼굴 햇볕에 숨기며 불쑥 던진 말, 여기서 한티 멀어요?

　그때 그 말 떨어지기 무섭게 숨쉬지 않고 내달았네, 사십여년 흐른 뒤 광대울, 그 작은 다리 건너네, 느티나무 아래 회관은 윷판 벌어진 채 자물통 물려 있네, 동네방네 별의별 꽃 다 피우던 빨래터엔 묵은 잎 떠다니다 가라앉네, 동네 어디든 양지 쪽은 무덤만 남았네

　국도 저편, 높은 공중다리
　산허리에 걸치면서
　논바닥을 서성이는 노부부

　젖은 눈빛 가리려고
　느티나무 속잎 트네.

　* 충남 청양군에 있는 작은 동네로 수몰지구임.

광대울 2

떠도는 피
떠돌게 하고

산자락에 논밭 치던 남사당패 땅에 묻혔네
살아남은 한 사람 토방에서 졸고 있네

물은 흐르고 흘러
흐른 물 위로 넘쳐 흐르고

졸면서 잠겨가는 다릿목 그 어른,
새 그림자 스쳐도 소리 없이 우네
곤줄박이와 오목눈이를 울리네
산중턱으로 쫓겨온 굴뚝새와
할머니 새가슴도 울리네
울리면 되울리고 되울려
숨죽여 노래로 듣네

쯔쯔 삐이 찻찻찻

쯔쯔 삐이 쯔쯔 삐이 찻찻찻

달개비

아이들이 놀다 간 들판 초입에
보랏빛이 남아 있다
달개비, 달개비

나는
흘러온 길을 다시 흘러온다

대처에서 온 아이
자전거 타고 앞서가고
웃자란 풀 쓸리는 소리

풀내 배어들기 무섭게
하늘에서 폭격기 내리쏟고
둑길 휘감으며 달려가는 아저씨
말문 막혀 머릿수건 휘젓는 아주머니
허공을 향해 돌아가는 헛바퀴 소리

숨을 새 없이 엎드린 개울창에
산산이 흩어진 대처 아일 감싸 안고
초롱초롱 피어 있던 꽃

달개비는 여름 내내
대처 아일 불러내어
그 혼으로 피고 또 핀다

용은별서를 떠나며

그대 식솔 이끌고 가야산에 숨어들어
세상을 물로 산으로 막고
산봉우리 거듭 울려 듣던 물소리
보금산 월계 물굽이에 이르러
실오라기만 남아 있다
'쌍계(雙溪)' '용은별서(龍隱別墅)' '용암(龍巖)'
작은 개울벽에 꽉 채워 새긴 그대 글씨조각만
비좁은 계곡을 줄기차게 뒤흔든다

은거지 뒤덮은 논에 물 차오르는 소리
가까이 귀 기울여도 들리지 않는다

32

제2부

패랭이꽃
지평선 마을 1

불탄 산자락
풀빛에도 불내가 나네요

불내만 남은 합대나뭇골에
아직도 조롱박 차고 토방에 선 할머니
그만 내려오세요
콩새들 장독대로 내려오고
별드는 미루나무 밑에
패랭이 주저앉네요

살려면 봄도 사람도 잊어야 한다고
불기 감추고 나무나 한짐 해오라고
이승저승 가리면 죽은 이와 함께 못 산다고
등 토닥이며 타이르시던 할머니

물기 잦아드는 골짜길 보세요
덤불에 가시 피고

타다 남은 개복숭아나무에도
패랭이꽃 만발하네요

그만 내려오세요 할머니
길 묻히고 아주 지워지기 전에요

지평선 마을 2

산을 넘었습니다
들로 오시지요, 할머니
까마귀떼 속으로요

할머니께서 처녀적 꿈 얘기를 하신 그 가을날 한마리씩 산 넘어간 까마귀들 여기 다 모여 있네요, 발갛게 달아오른 지평선, 실개울 타다 남은 하얀 실연기 자국, 그 아래 잠겨가는 마을에서 해를 품고 살고 싶다 하셨지요? 들 가운데 까마귀떼 내리는 곳이 그 마을 아니겠냐 하셨지요?

까마귀떼는 마을과 거리를 두고
들도 넘어가네요

까마귀 날개 밑에
할머니의 지평선 마을이 깃들어 있었네요
들로 오시지요, 할머니,

다시 날아오는 까마귀떼 속으로요

지평선 마을 3

어디 계세요, 할머니
이웃 토박이들 한데 모여
모판 앉히고 햇살 뿌리고
논물에 가슴 댈 새 없이
황사 몰려오는 평야 저 끝에선
코쟁이들이 이라크를 침공했습니다.

　코쟁이들 믿지 마라 하시던 할머니, 모래폭풍 속에서
양떼 따라가다 티 없이 웃던 아이들 팔다리 잘려나가고
울부짖던 부모들 폭격 맞아 죽어가고 있습니다. 오늘 TV
화면엔 젖먹이와 그 어미가 나란히 관 속에 누워 있습니
다. 그 여름 동틀 무렵 냇물 건너 앞산 토굴에서 애 젖 물
린 채 죽어가던 피난민 새댁 기억 나시죠? 할머니께서 따
발총 소리 뚫고 참나무댕이에서 주먹밥을 얻어오셨을 때
새댁은 이미 저승으로 떠난 뒤였고 애 울 때마다 모두들
어둠속에서 버짐 낀 얼굴 더듬으며 신음소리도 내지 못
했습니다. 그 애 죽은 후 살육과 죽음의 그림자에 휩싸이

던 토굴, 저는 아직도 길 가다 토굴에 끌려갔다 나옵니다.

　전쟁 끝나기 전에 사방에서 꽃이 피고 있습니다. 화장품 냄새 난다고 머릴 흔드시던 라일락도 피고 있습니다. 요즘엔 라일락에서 머릿속 쑤시는 화약내가 납니다. 멀리 돌아가도 화약내가 따라옵니다. 꽃도 무섭습니다. 할머니, 그 애 그 새댁 눈 감겨준 손길로 이라크 영혼들을 재워주세요. 생전의 말씀대로 저도 죽은 영혼들과 함께 있겠습니다. 오세요, 할머니, 그때 그 피 묻은 백기는 놓아두시고

물돌이동*

개 짖는 소리
사람 부르는 소리
노란 호박꽃 속에 잉잉거리는 마을
호박꽃술 묻히고 들어서면
어디든 문이 열렸습니다.

강남에서 온 제비는 문패 위에 벌써 둥지를 틀었군요.
한 배 불려 그 옆에 새 둥지를 트는군요. 개흙 바르고 지
푸라기 물어 오고 흐르는 마음도 물어 가는군요.
우리는 무심히 강남 쪽을 바라보았습니다. 물길 따라
소나기 몰려가다 갑자기 사라지던 곳, 제비 날개에 무지
개 걸리고 따발총 소리 울려오고 숨막혀오던 곳, 그 아득
해진 곳에서 제비만 돌아와 있군요.

흰 구름 밑으로
우리도 돌아오는 중일까요

물소리 흔들며 흘러온 목소리들
아르방 다리 부근에서 잔잔해지고 있습니다.

* 물이 둥글게 육지를 휘감고 돌아나가는 곳. 예천 회룡포 마
  을이나 안동 하회 마을 같은 곳.

첫눈 속에는 눈사람이 내린다

산비탈 꼬맹이들이
두 손으로 눈송이 꾹꾹 뭉쳐
행인들을 향해 즐겁게 던진다,
하! 웃음을 맞아들이듯
모두들 즐겁게 눈덩이를 맞는다,
첫눈 맞고 환해진 함경도 노인
마을버스 놓치자 약속도 잊고
살얼음 낀 강물 앞세워
북쪽으로 눈덩이를 굴려 간다,
평산? 혜산?
서수라 조금 못 미쳐
회오리 눈기둥,
눈기둥 속에 숨겨둔
타다 만 그 얼굴 그 가슴으로
다시 한번 목메어 뒤돌아보다
휘몰아치는 눈보라 속에서
난데없이 날아온 눈덩이 맞고

하! 하얗게 웃는다

앞만 보고 어둡게 걸어가는
행인들과 행인들 사이
얼핏 스치는 눈사람 하나, 또 하나,

북극 일기

백야가 계속되는 동안
걸어서 꿈속으로 들어가고
날짜 바꾸어 며칠씩
꿈속을 걸어나왔다.

황야에서 불어온 바람이 마을에 들어서자 잔잔해진다.

누가 창을 연다. 나지막한 단층 도서관. 시집도 사전도 없는 텅 빈 서가. 백인 사서는 졸고 있고 빙하 흐르는 창가에는 앳된 여자가 수를 놓는다. 바라볼수록 가물거리는 수평선에서 수실 뽑아 야생화 피우고 엉키고 뒤엉킨 살 한올씩 풀어 야생화 주위에 노란 집 짓고 그 위에 흰 구름 띄워보다 갑자기 배를 만진다.

희뿌연 얼음 안개, 나는 다시 극야로 돌아간다. 영하 50도, 이른 아침 누가 문을 두드렸다. 문을 여는 순간 앳된 여자들이 쏟아져 들어왔다. 문가에 비켜서자 구엔아

빡*이라 했다. 쌩큐 하지 않고 구엔아빡이라 했다. 열병에 걸리지 않으려고 하루에 한번 Sam & Lee**에 오던 앳된 여자들, 백인으로 브룩 산맥***을 넘었다가 에스키모로 돌아와 어느 피로도 살 수 없다고 울부짖던 앳된 여자들, 춘천 의정부 송탄에서 아프게 스쳤던 앳된 여자들, 어딜 가나 외지의 외지인들

미소 짓는 눈빛에
어루만지는 불룩한 배에
동토대의 얼음이 박혀 있다.

* 이누피아트 에스키모 말로 고맙다는 뜻.
** 알래스카 최북단 배로에 있는 한국인 식당 이름.
*** 북극권으로 들어설 때 브룩 산맥을 넘게 되는데 이 산맥이
    바로 수목한계선을 이루고 있다.

오로라

떨고 있던 별들은
제자릴 찾아 반짝인다

지상엔 언 눈 위에 떠도는 눈

개마고원 친구가 사라진 뒤
길 녹이던 발걸음 흩어지고
개 짖는 소리 판자촌을 울린다
오, 난데없이 몰아치는 오로라

핏속을 어지럽게 흔들던 형상들
흔들린다, 발광한다, 후려친다
나에게서 얼음사막으로 내몰리는
저 사람, 내 몸 입고 내 말 흉내 내던
저 사람, 내 길 가고 내 꿈 꾸던
악몽 속의 얼굴들 멀어지고 그리워지고 아주 지워진다

별 사이에 어둠이 총총 빛나고 있다

한탄강 1

평야 깎아질러
벼랑 사이로 흐르는 한탄강

피난 행렬 속으로
신발 한짝 찾으러 간 아이
신발도 발목도 잃고
백발로 협곡으로 돌아와
빈 지게 어깨에 걸고
흙바람 품어 안고
강 건너 마실 간다

아이들 몰려가다 사라지고
수수밭 술렁거리다 사라지고

포대 진지 넘어
작대기 질질 끌린 길만 돌아온다

한탄강 2

평야 끝자락에는
지뢰와 불발탄과 미군 사이
사람이 끼여 산다

장갑차가 뭉갠 웅덩이길로
깃발 앞세워 들어오는
위장 트럭에 위장 미소에

아낙들이 뒷걸음치며 밭둑을 더듬어간다, 비탈로 내려
가 아이들 풀어놓고 뭉개진 배추를 다듬는다, 오래된 폐
가 처마 밑에 매달린 시래기같이 바스러지는 손길들

장갑차에 밀려난 아이들은
수류탄 떠내려온 모래밭을
돌팔매질하며 오르내리고

노을에 달아오르는

길 잃은 돌 끌어안은 강물은
도감포에서 역류하다
무한궤도에 쫓기면서
임진강 진펄에 빠지면서
한강 하류로 흘러든다

북한 전쟁고아 수용소 1

자이상 톨고이*에 올라
우리 몸 한없이 광활해질 때
흔들리는 발 저 밑에는
목조 건물 하나 어둡게 아른댄다

금간 데마다 삭은 나무 계단
엄마 아빠 그림도
가갸거겨 낙서도 없지만
6·25 때 북한 전쟁고아들 살던 집
북한으로 돌아가지 않고
몽골에 남은 아이들
내 나이쯤 되었을 그 아이들
할흐족** 사이사이 유민으로 떠돌다
옛 기억 되살려 서성이다 가는 집
솔롱고스***에서 온 이는
누구든 불려와 상처 더듬는 집

해질녘 컴컴한 폐가에

맨홀에 보금자리 친 아이들 몰고 나와

성큼성큼 가는 이 따라가보면

산허리 막 돌아서

숨은 길은 구릉 넘어가고

버들잎 흩날리는 가을 건너가고

눈 밑에 철렁 넘쳐오는 톨 강

* 자이상은 라마교 계급 이름이고 톨고이는 머리, 고개라는 뜻
  이다. 자이상 톨고이는 몽골의 수도 울란바토르와 그 외곽
  에 흐르는 톨 강을 볼 수 있는 전망대 이름인데, 그 바로 뒤
  편에 북한 전쟁고아 수용소가 있다.
** 몽골인들은 대부분 할흐족이다.
*** 몽골말로 우리나라를 뜻함.

북한 전쟁고아 수용소 2

평양에서 머나먼 울란바토르까지 쫓겨온 아이들, 밤마
다 꿈꾸는 게 무서웠던 아이들, 손 잡고 나란히 잠들면
하나씩 악몽 속으로 끌려갔다 다시 한번 폭음 속에 화상
입던 아이들, 솔개 내리쏟아도 한없이 고요해도 공포에
떨던 아이들

우리 아이들 톨 강 두만강 넘어가 종적 없고 분단 50
년, 흙먼지 몰려다니는 침침한 초원 한 귀퉁이 버려진 수
용소 건물 앞자락에는 녹색혁명을 꿈꾸는 경상도 젊은이
가 포성과 화약내와 눈물과 피비린내를 이슬로 걸러 채
소밭을 일구고 있다

분지 초원에 뿌리내리는
무 배추 고추 상추
폐촌 아이들 숨어들수록
채소밭 푸르러지고
수용소 건물 비켜서서

어둡게 고개 숙인 한국인들
반쪽 얼굴 되살려
아이들 숨결 따라
건물 뒤쪽을 걸어본다

분지 초원에 흰꽃이 피기 시작한다

검은 눈밭
북한 벌목공 1

폭설 그친 산길,
버스는 오르막에서 눈구덩이로 밀린다.

숨소리 들리지 않게
거리를 재어 갖던 승객들
우르르 몰려나와 차 꽁무니에 달라붙는다, 고개 위까
지 밀어올리고 주저앉는다, 환한 언덕에 눈더미에 흙 묻
은 돌 몇개, 누군가 먼길 떠나며 오보*를 돌고 돌았을까,
돌아나간 발길은 벼랑에 쏠리면서 좁혀진다, 사라진다,
떠오른다, 표정도 없이

고무장화 질질 끌고 와
산판 가까운 서낭당에
구르는 돌 다시 올리고
며칠씩 서성대던 장정들
움막에서 겨울 나고
소리 없이 떠나던 떠돌이들

온몸에서 찬바람이 나온다. 아무도 말하지 않는다. 눈 몇번 마주치자 젊은이들이 다가온다. 통성명도 하기 전에 어디서 왔느냐고 묻는다, 젊은이들은 남쪽 억양에 안심하고, 나는 이르꾸쯔끄란 말에 놀란다. "우린 모두 오다가다 만났습니다, 이제 쫓기지도 않고 갈 데도 없지만 쫓기지 않으니 오히려 불안하군요, 남조선 사람들이 온 구석 쑤시고 다녀 여기서 발붙이긴 편해졌지요, 아는 몽골사람 찾아가 거기서 한동안 연명할까 합니다, 점점 땅도 나라도 사람도 믿을 수 없고"

겉늙은 이씨가 잊었던 듯 손을 내밀며 왼손으로 손등을 감싸 안는다, 옆사람도 그 옆사람도 다가와 손등을 덮는다, 오, 뭉치지 않고 흩어지지 않고 뒤엉키는 핏줄, 우리는 몽골인들을 따라 오보에 돌 올리고 그 위에 언 얼굴 올리고 두세 번씩 돌아나온다. 이씨는 몽골인들에 섞여 눈밭을 뒹굴다 가죽점퍼를 툭툭 털며 소리친다, "우리 눈빨래하는 겁니다, 이리 와요" 평안도 젊은이도 눈밭에 쓰

러진다, 국경 넘다 총상에 일그러진 눈사진 뭉개고 얼룩
만 남긴다, 나도 몸속 깊이 감춘 검은 눈사진 몇장 꺼내
보다 그와 함께 눈밭을 감고 되감는다

　검게 부딪칠 때마다 어깨 어딘가
　고향 봄기운 스치고 상쾌한 바람 일어난다.
　버스 다시 움직이고
　선잠 든 사이 눈보라 속을
　대륙종단열차 지나가고

　털모자에 체온만 붙여놓고 사라진 동포들,
　흐르는 별빛이 영하에서 영하로 떨어진다.

　* 서낭당을 말함.

몽골 북한 대사관 앞을 지나

xx

−21도, −22도, −23도

　행인들 발길이 빨라진다, 앞선 여인들은 하얀 입김을
내뿜으며 땅에 끌리는 말소리를 슬쩍 추켜올려 길을 바
꾼다, 행인들 자취 지워지는 초행길, 한숨 돌리려고 새
소리 쏠리는 길가 공원으로 들어가본다, 레닌 동상이 앞
을 가로막는다, 비둘기똥 세례를 받는 레닌, 실업자에 둘
러싸인 레닌, 레닌 행렬 맨 끝에 따라 붙는다, 오솔길 돌
아 유목민 핏줄 흐르는 수흐바타르 광장을 가로지른다,
길 잘못 든 엥흐타이완 거리, 시베리아 소나무 불쑥 불쑥
솟구쳐 있고 북한 대사관은 문도 창도 닫혀 있다, 작은
게시판엔 보지 않아도 몸으로 읽히는 구호들, "빛나라 조
선노동당이여, 백전백승, 평양, 영광"

　'영광' 옆에서 칼라 사진 몇장 찍고
　흑백 침묵에 쫓겨 혼비백산,

혹 끼쳐오는 땀내,

굴러간 돌들 연달아 가슴에 굴러 떨어지는 소리, 번득이는 눈빛 들리는 듯 머리카락 끝까지 뻗치는 공포감, 그때 천둥 번개 내리칠 때 앞선 발자국에 한발씩 포개어 사선 넘으면서 되돌아올 수 없는 길 뒤돌아보다 지뢰 밟고 하나씩 사라지고, 무사히 강 건넌 이들 아무 기별 없이 계절 바뀌고 강물 새로 흐르고 푸르러지고, 유유히 오르내리는 청둥오리떼에 섞여 돌아온 이들은 군번도 주소도 없이 칠흑 속에 숨어 살고? 살의와 죄의식 감추고? 죽지 않으려고? 민족을 위해서?

우리 몸속에 몸을, 넋 속에 넋을 남긴 그대들
고이 잠들어라,
강에 떠내려온 신원 미상의 그대
남이든 북이든 묻힐 데 없어
우리 가슴속에 떠돌아다니는 그대
고이 잠들어라,

고요히 흔들리며 가라앉는 내 발자국은
보도 블록에 척척 달라붙는다,
아무리 걸어도 제자리로 돌아온다,
모든 길은 비무장지대로 통하고
매순간 소리 없이 되돌아와
나는 다시 제자리에서 움직인다,
몽골어 개강 시간 놓치지 않으려고
떨면서 온 길 되돌아가
북한 대사관 경비원한테
몽골 국립대로 가는 길을 묻는다,
돌아서 한 구역 더 가라고 한다

걷지 않아도 그냥 뜨는 발걸음
온몸으로 누르고 눌러
한발 힘껏 내딛는다,
땅에 닿자마자

뼛속 통증 울리는 발걸음
대사관 맞은편 모퉁이 돌아가도
몸 그냥 떠간다, 통증 깊어진다

긴 다리 몇번 엉키며
멀리 보고 멀리 가는
사방거리 김씨 같은 이 비켜 가고
낮은 산자락에 흐르는 물소리에
다가오는 검은 산, 산, 산,
소리쳐야 밝아오는 산, 산, 산,
산에서는 메아리로 울려오고
강에서는 총소리로 날아오는 목소리

갈라지는 목소리 사이로
술 취한 행인 끼어들다 흙바람에 끌려 나가고
염소 한마리
앞서가다 뒤돌아보고

행인 둘
앞서가다 뒤돌아보고

무심결에 나도 뒤돌아본다, 미루나무, 미루나무, 길 지
워진 곳으로 삐라 쏟아지고 불발탄 뒹굴고 강 하류에 박
히는 먹구름, 흔들리는 잎 그림자, 황색 푯말엔 고추잠자
리 붙어 있고 숨막히는 바위굴에 소형 보트에 찢어진 고
무 잠수복, 갸웃거리는 비오리
모래밭 부근에서 갈대 끼고 나는 올라가고 그대는 협
곡으로 내려가고, 서로 엇갈려 생을 나눠 가진 그대와
나, 우리는 살아남아 민족의 이름으로 무섭게 무엇을 향
해 가고 있는가?

등줄기에 따갑게 흐르는 강 한줄기
가슴에 흘러들어 단숨에 얼어붙는다

몽골 정부청사 사이에 두고

태극기와 인공기는 펄럭이고

X자 보도 블록에 찍히는
행적 감춘 내 발자국 뒤쫓아오는
XX, XX, XX, X,

빗방울

다시 또 만나자는 노래*
목 잠긴 채 그치네
회전문 돌지 않아도
빗방울 날아들어
충혈된 눈빛 가라앉히네
노모와 혈육을 두고
붉은 고향으로
남은 길 가는 비전향 장기수들
판문점으로 버스 움직이자
흐린 하늘 더 흐려지고
눈물 끝에 매달린 가족들
길바닥으로 굴러 떨어지네

흐르지 않고
빗방울 구르네

* 2000년 9월 2일 오전 8시. 북악파크 호텔 로비에서 비전향
  장기수들과 가족, 친지, 그리고 민가협 회원들이 다시 또 만
  나자는 노래를 합창했다.

혜성
북한 벌목공 2

구릉 위에 펄럭이는 대형 일장기
그 아래 해, 달, 별, 점점이 박힌 깃발들
태극기는 구릉 모양의 겔*에 나풀거린다

언 구름 속을 빠져나오던 해가
조금씩 달 그림자에 가려진다
사방은 깜깜해지고, 일분간
백금가락지만 남아 있는 해**
지구 구석구석에서 온 천문학자들은
다리만 내놓고 망원경 속으로 들어가 나오지 않고
다리 사이로 나타났다 사라지는 이북, 혹은 이남 사투
리들

얼음 구렁에 빠진 구형 스텔라를 밀며
나도 지상의 떠돌이별들을 찾아
맨눈으로 얼음길을 더듬어 간다
다르항 지나 국경 가까이

살기 위해서 오직 살기 위해서
국적 없이 떠도는 그대들 짐승같이 숨어 있는 곳
시베리아 소나무숲 쪽에서 눈보라 몰아쳐오고
길은 금시 눈 속에 묻혀버린다

지구와 해 사이
달 그림자 같은
해 같은
안 보이는 혜성 같은
반쪽 얼굴들, 어른거린다

* 몽골 전통 가옥(이동 주택).
** 1997년 3월 8일, 몽골 북쪽 다르항에서 금환식이 일어나는
   동안 헬리 혜성이 보인다고 하였지만 구름 끼고 눈이 내려
   볼 수 없었다.

남남북녀

흙먼지 갠 어느 여름날
구릉 넘는 초원길 내려와
다가갈수록 머나먼 곳
북한 토산품 매장으로 달려갔다,
비좁은 판매대, 꼿꼿이 서 있는 여점원
통로에 편안히 기댄 대형 풍경화
그 옆에
초상화 같은 남북의 긴장된 얼굴

　누군가 물건에 손을 대자 숨죽인 얼굴들 확 퍼진다, 산수화 여백에 다락밭 이랑이랑 그려 넣고, 산골에 흠뻑 젖어 그림 한점 사고 몸 붙일 델 찾아 서성이는 남쪽 사람들, 매장 둘러보다 눈빛 어둑해지고 다시 수건 몇장 고르고 서둘러 점원 사이를 빠져나간다, 북쪽 아주머니가 내 옷자락을 붙잡는다, "선물로 드릴 테니 이 술 그냥 가져가시라요, 빼빼 마른 사람이 매일 약처럼 조금씩 평양 정력주를 드시면 나처럼 몸이 좋아집니다, 술병만 끼고 자도 기운이 올라옵네다"

몇번 사양해도 반질반질하고 땅땅한 아주머니는 뼈가
으스러지도록 나를 껴안으며 귓속말을 한다, "남조선 동
무, 이게 다 평화통일 하자는 거야요" 고개를 끄떡거리며
나는 술 봉지를 받는다, 아주머니는 돈은 안 받겠다고 한
다, 다시 나를 감싸 안으며 귓속말을 한다, "남조선 동무,
우리 곧 만납니다, 건강해야죠" 옥신각신하다 간신히 돌
아서니 기다렸다는 듯이 모두들 폭소를 터트린다

그림 같은 남남북녀 한쌍이라고?

고리섬*

　방앗간 탱자나무 울타리 밑으로 불어오던 들바람 소
리, 방죽에서 흘러나오는 비릿하고 후끈한 물 냄새, 개구
멍만 남은 동네 뒷문이 열리면서 황황히 들길로 사라지
던 쫓기는 발자국 소리, 멀리 따가운 햇볕과 거칠게 흔들
리는 보리밭 물결 위로 언뜻 떠오르다 가라앉던 검은 뒷
모습, 그날 우리는 탱자를 따다 영문도 모르고 쫓겨갔던
가, 비행기 소리 들리고 쫓길수록 달아날수록 앞지르던
공포, 공포, 숨도 고르지 않고 우리는 들 한가운데에 그
냥 서버렸고 느티나무에 올라앉아 사방을 둘러보았던가,
뜸, 뜸, 뜸부기 소리 희미하게 들리면서 봉긋하게 무덤
하나 부풀어 있었고 거기 웬 아저씨가 봉분 아래 깜부기
같은 얼굴로 앉아 있었다, 보리 물결이 눈주름에 깊게 일
렁이고 있었다,
　지리산으로 들어간다는 아저씨는 우릴 하나씩 높이 들
어올려 너희 세상은 이만큼 높은 세상이라고 말했다, 높
은 세상? 아저씨는 우릴 봉분 위에 올려놓고 서둘러 자
리를 떠났다, 오랑캐꽃과 까치밥풀이 무성한 그 자리에

우리도 앉아보았다, 그늘 한자락 없었지만 나무 아래보
다 더 깊고 아늑했다, 몸에선지 어디선지 멀어질 듯 다가
올 듯 스며들던 눈빛, 몸속에 아른아른 아리게 자리잡던
긴 그림자, 어느새 흔들리는 보릿대 사이로 붉은 해 기울
고 사라진 길과 동네 지붕이 슬며시 떠올라 있었다, 보리
밭 물결 위에 높은 세상이?

　　보리 물결 타고 모두들
　　가물가물 흘러가버린 곳에
　　들도 없이 번지는
　　탱자 향기 노랗게 익어가는 음성,
　　그때 처음으로
　　영혼이 스쳐갔던 것일까,
　　우리와 아저씨를 한몸으로 세운 영혼이?

　　마른 흙바람 속에서
　　우리는 듣는다, 한점 고리섬을 넘어

백두대간 굽이쳐 올라갈 큰 영혼을

* 충남 청양읍 들에는 오래된 무덤이 있는데 이 무덤을 고리섬
  이라 한다.

고비

이웃이 왔다
칠팔십리 밖에서
신기루를 넘어왔다.

그는 떠돌이였다.
고비가 불러서
돌아올 데로
돌아왔다고 했다.

내가 볼 수 없는 눈으로
그는 잠깐 머뭇거렸다.
칠팔십리 밖에서
내가 오고 있었던 것일까?
아직도 거기서?

불쑥 내민
그의 손이 가물거렸다.

고비 사막으로 가는 길

고비에는
고비 사막이 없다

고비 초원이 있고
멀처그 사막이 있고
모래폭풍이 분다

먹구름에 이겨지는 황토빛 아침놀
움직이는 것은 무엇이든
어두운 구석으로 휩쓰는 흙먼지

어느 쪽으로 가든 몇걸음 만에 길은 시내로 되돌아온
다, 좁고 침침한 시장 골목길에서 쏟아져나온 아이들 겔
촌으로 내려가고 기억 끊긴 거리로 바람이 드나든다, 칼
끝 같던 혁명 기념상은 어느새 녹슨 펜촉같이 서 있다,

달란자드가드,

같은 길에 다른 길도 있었던가, 혁명이 스친 길에는 메
마른 공기, 생각할 틈도 없이 퍼붓는 모래 가루, 자작나
무 아래로 기어들던 고르왕 새항 산*은 멀리 물러나 있
다, 나도 모래에 쫓겨 겔촌으로 내려간다, 작은 언덕까지
길은 반질거린다, 다닥다닥 붙어 있는 삭은 판자 울타리,
누군가 보고 있다, 옹이 빠진 구멍으로 열중하여 내다보
는 눈,

　허공에 잔잔히 떠 있던 햇빛 쏟아져내린다,
　물웅덩이에 떠 있는 송이구름 잘 자라라고
　오줌 내갈기며 중얼거리던 백수광인,

　누군가 보고 있다 광인과 함께 가는 아이와 나를
　누군가 보고 있다 광인에 딸려 가는 아이와 나를
　판자로 몸 가리고 두려워하며
　아이와 광인과 나를 번갈아 보다가
　광인과 아이 사이를 빠져나오는 나와 눈 마주쳐

깜짝 놀라는 눈
　　얼굴 바뀌어도 그리운 고향의 눈

　　손을 흔든다, 웃는다, 가까이 갈수록 판자 기울고 사람
도 나무도 보이지 않는다, 높은 울타리 안 깊숙이 사막이
들어가 있다, 모래알 구르는 양은 대야, 말라비틀어진 등
목 수건, 납작하게 붙어 있는 후물풀**, 판자 틈마다 바람
소리 울리고 가라앉는 모래 가루 속으로 개 짖는 소리 묻
힌다, 사람 흔적만 남아 있어도 얼핏 푸르러지는 고비의
하늘,
　　사람이 아니고 개였을까, 고향의 눈이 아니고 내 눈이
었을까

　　사막 한가운데로 들어가려고
　　줄인 짐을 더 줄여본다,
　　나보다 먼저 사막으로 들어온 몇개월 치의 살벌한 기
억을 지우고 떠오르는 즉시 말도 얼굴도 생각도 지우고

있는 대로 옷 껴입고 빈 가방 버리고 겔촌 끝에서 마침내 걸어온 길을 버린다, 버릴수록 더 채워지고 무겁게 가라앉는 몸

　

　황원(荒原)
　살길만 남는다

　까마아득한 땅 끝에 떠오르는 연산 연봉

　신기루에 걸린 쌍봉 낙타 몇마리
　몸통 지워지면서 허공엔 쌍봉이
　땅엔 다리만 남고
　항올*** 마을도 섬으로 점으로 줄어든다

　노간주나무를 아르츠,
　향내 나는 풀이라고 자신 있게 말하던 그 소년,
　신기루가 쓴 내 나는 물이냐고 물으면

머리 끄덕이며 돌아서서 웃던 그 처녀,

야생 노루떼를 쫓아가자고 코담배 권하던 그 노총각,

유목생활 끝내고 국경지대 자밍우드****에서 무역을 하
고 싶다던 그 중년 부부,

고비가 고비로 보이느냐,

한국은 중국보다 일곱 배나 더 지옥 같았다고 하던 그
운전기사,

잠시 물 한줄기 대주던 사람들이 점점이 사라진다,

한꺼번에 떠올랐다 다시 사라진다,

물결만 흔들린다

살아 있는 것은

먼지를 일으켜 조금씩

신기루를 풀어 움직여나간다,

머뭇머뭇 서성이면 모래 구릉에

그 부드러운 칼날선에

눈 베이고 가슴 베이는 황막한 땅

고비에 들어와서도
나는 아직 고비로 가고 있다

* 고르왕 새항은 세 개의 아름다움이라는 뜻으로, 진선미를 가리
  킨다.
** 두꺼운 파같이 생긴 풀로, 소금에 절여 겨울에도 먹는다.
*** 면소재지 마을.
**** 몽골과 중국의 국경 지역에 있는 몽골 마을.

고비 삽화 1

'고비에 오면 사람은 보지 않고
왜 사막만 찾느냐
사람이 없는 곳도 사막이냐'

고비 젊은이가 어둠속을 더듬어 사막 속의 사막으로
가자고 했다. 골목이 사방으로 돌고 도는 겔촌, 불빛 하
나 새지 않는데 어디서 이웃들이 몰려온다, 사진 한장 찍
어달라고 한다, 서로 옷매무새 고쳐주고 마주앉아 검게
탄 얼굴에 온갖 가시꽃을 피운다.

가시꽃 사이에 숨어
귀만 쫑긋 세우고
모두들 가만히 앉아 있다.

따스한 눈빛 쏠리는 황야의 끝으로 야생 낙타떼 사라
진다, 움직이는 모래 구릉, 움직이는 호수를 뒤덮는 움직
이는 먼지떼, 온종일 걸었는데 누군가의 큰 손바닥에 누

워 있다. 썩은 내 풍기며 다시 잠이 든다, 별은 보이지 않
고 허공만 트여오는 밤

오도 가도 못하는 시간
고비 삽화 2

   1930년식 러시아제 가즈21을 타고 바롱 날리흐*로 가는 길, 시속 20킬로, 차는 떠나자마자 열을 받는다, 가다 서다 한다, 두 손으로 쇠막대(스타쩡)를 계속 돌려도 트르륵거리며 매연만 폭발, 양 어깨만 부르릉거린다

   일행 중 가장 나이 어린
   혼기 앞둔 바트갈은 뜨개질하고
   유치원 선생이었다는
   과부 암가랑은 땅바닥에 주저앉아
   한가하게 책을 읽는다

   얼지 바트 부인이었던가, 죽을 때를 아는 산양은 자꾸 높은 데로 오른다는데** 67세인 이 고령 차는 구르지도 않는다고 농담을 한다, 유치원 선생이 얼른 고비는 원래 폐기처분하는 곳이라고 응수한다, 몽골 남자들은 여자가 싫어지면 고비에 여자를 버리고 간다며 갑자기 울먹이는 목소리로 고비는 폐기물 천지라고 한다

가장 연장자인 나도 폐기 직전?

차는 미동도 않고

오도 가도 못하는 시간이 점점 가까워진다

(고비, 한번 들어오면 제 손으로

나갈 데를 막아야 살 수 있는 곳)

* 남고비에 있는 마을 이름.

** 시인 푸레브 도르즈의 '테힝 적설'(야생 염소가 죽는 곳)이
라는 도올(슬픈 이야기를 시같이 쓴 문학의 한 양식)에는 늙
은 염소는 죽을 때가 되면 높은 바위에서 스스로 떨어져 죽
는다고 한다. 시인은 이 도올에서 노인을 통해 죽음을 앞둔
인간의 귀소 본능을 보여준다.

고요
고비 삽화 3

　9월, 햇빛 따갑고 바람 싸늘한 자브치르,* '고요'를 캐러 작은 둔덕을 내려갔다, 물 흐른 자국을 찾아 빠르게 앞서가는 고비 노인, 졸졸거리며 따라가는 맨발의 아이들, 가시나무 헝클어진 마른 흙더미에 이르러 노인은 두 발을 벌리고 가랑이 사이로 흙을 파낸다, 잎 한줄기 보이지 않는데 옮겨 다니며 다람쥐 굴 뒤지듯 마른 땅을 파헤친다, 무엇이 손에 잡힌 듯 소리를 지른다, 잎도 줄기도 없이 땅속 깊이 고요히 들어앉은 '고요', 돼지감자 같고 마 같은 '고요', 베어 물면 입 안에 도는 흙내와 물기와 비릿한 단맛, 입 안 가득 메어오는 공복

　발가벗은 아이들이 사막을 이리저리 몰고 다니다 구릉 위로 훌쩍 넘겨버린다

* 남고비 중심 도시인 달란자드가드에서 군청소재지 바양오위로 가는 길목에 있는 곳이다. 이곳에 '고요'가 많은데, '고요'는 봄에 뱀풀 같은 꽃을 피운 뒤 흔적도 없이 자취를 감춘다. 고비 사람들은 이 '고요'를 옷에 쓱쓱 문지르고 혀로 흙을 훑

82

어내어 날로 먹는다. 이 주위에 뜨는 신기루도 '고요'의 맛
이 난다. 굴절되는 빛 속에 산이 묻히면 황원엔 물결만 남는
데, 이 신기루 물결을 마시면 가슴 깊은 곳에서 갈증이 올라
온다.

그냥 돌이라고 말하려다
고비 삽화 4

"산책 좀 합시다"
고비 아저씨가 이른 아침부터 서두른다

사막에서 무슨 산책을? 사막에도 갈등이? 하고 말하려
다 나는 흔쾌히 따라나선다, 걸어서 한시간 삼십분, 낮을
대로 낮아진 구릉들 흐르다 문득 사라진 곳에 검푸른 바
위들 반들거린다

"운석입니다, 별똥별이지요,
아직 아무에게도 알리지 않았습니다,
여길 산책하고 나면 사막이 신비롭게 보입니다,
여기선 무엇이든지 들립니다"

무엇을 들었지요? 하고 물으려다 구릉 사이 분지형 바
위들을 가리키며 성소 같군요 했다, 내 얕은 탐석 체험에
의하면 이 바위들은 경도 5도쯤 되는 변성암이고, 그의
신비 체험에 의하면 생의 비의(秘意)가 서린 바위 이상의

장소이리라, 그는 여기까지 걸어오면서 혼자 얼마나 많은 말을 주고받았을 것인가, 수없이 자책하고 포기하고 용서받고 화해하고 자신을 있는 그대로 받아들인 푸른 하늘 아래에서 눈물 흘리고 마음 가벼워졌으리, 그가 성소를 거니는 동안 나는 바위 밑 염분선을 따라 태백으로, 철암으로 떠돌다 구문소 부근에서 산비탈에 박힌 삼엽충과 암몬 조개를 돌아보았다, 우주적인 시간, 서로 마주칠 때마다 푸른 기운이 돌았다

무슨 소리
고비 삽화 5

양떼 따라 나선 길
풍경도 바람도 바뀌지 않는다,
뒤처진 채 지친 다리 끌고
머뭇머뭇 구릉을 내려가다
구멍 뚫린 화강암 괴석을 들여다본다,
고비 처녀는 내게 원시인 같은
녹색돌 하나를 떨어뜨리고 내닫는다

"양떼를 놓치지 말아요"

성난 말발굽 소리에 맞춰
모래바람이 갈기를 세운다

유목민도 수행자도 아니면서
나는 왜 사막에 있는가,
방랑기를 재우려고?
영혼의 갈증을 채우려고?

고비 사막처럼 처절하게 견디려고?
무슨 소리, 양떼를 놓치지 말아야지

사막도 초원도 아닌 곳을
나는 절뚝절뚝 걷는다,
양떼는 구물구물 흘러가고

고비 처녀
고비 삽화 6

어딜 가나 숨차게 푸른 하늘, 구릉에 달라붙는 후물, 타안풀,* 나무 한그루 없고 통나무 화석만 쓰러져 있다, 흩어지는 양떼를 줄기차게 한줄기로 몰고 가는 흑염소, 돌언덕 너머 먼산 능선 위엔 작은 물결 흐르고 두 능선 맞닿은 곳에 큰 물결이 인다

"신기루예요, 땅 열기 때문이지요, 영상 20도가 넘으면 봄부터 가을까지 뜹니다, 늦가을에 서리가 내린 날은 땅이 더워지면서 정오쯤 뜨지요, 신기루는 여름보다 봄가을에 더 선명하고 황홀해요, 빛 좋아도 아무데나 뜨는 건 아니지요, 나처럼요"

날 찾아 헤맨 고비 처녀는 웃으면서 어서 말에 올라타라고 한다, 신기루도 제 몸도 지우라고? 너무 멀리 나왔다고? 말에 오르는 순간, 몸 가눌 새 없이 처녀는 말을 몰아친다, 돌풍이 지나간다

말갈기에 흩날리는 긴 머리카락,
말 위에 찰랑이는 은빛 물결,

야생 낙타와 노루와 돌자갈밭

말에서 온데간데 없던 처녀가 어느새 한번 더 말을 몰아친다, 돌풍이 지나간다, 풍향계가 사방으로 흔들린다, 날이 훤해지다가 어둑해진다, 처녀는 말에서 내리자마자 갈 길 놓친 짐승 한마리 울안에 들여놓는다, 짐승들 머릿수를 세어보고 문을 닫는다, 깜깜해진다, 후우욱, 울 밖에서 말이 숨을 고른다

* 후물과 비슷하게 생긴 풀인데 가축만 먹는다. 고비에서 제일 많이 나는 것으로, 분홍색 꽃이 핀다.

악취도 향기지요
고비 삽화 7

돌산 물러나고 초원 끝에 겔 하나 붉은 모래 구릉에 둘러싸인다, 모래땅에 엎드린 낙타가 무슨 일이냐는 듯 앞을 가로막는다, 중년을 넘긴 사내가 내다보고 모래바람을 가리키며 좀 쉬어가라고 한다

천장이 열린 겔 한구석
냄비에 물 흐르는 목소리에
침상에 탁 트인 눈빛에
깜박이는 작은 등불이 열풍에 그을린 그의 손등과 주름진 옆얼굴을 가라앉히다 내 안에 몰아치던 모래바람까지 재운다, 그는 마유주를 권하며 어디로 가느냐고 묻는다, 솔롱고스에서 예까지 왔다고 하니 고개를 끄덕이면서 미소 짓는다, 얼굴 가득 번지는 황토빛 미소가

그와
나 사이에
아른아른 지평선을 이룬다

(무엇이 넘어오고 넘어왔는지 모른다)

오르토즈, 하르막?*
그의 미소에서 끝없이 우러나오는 풀내와 바람과 모래
와 훈훈한 땅기운

지평선이 어두워지기 전에
나는 광막한 하늘 아래로 나와
모래 구릉을 기어가기 시작했다,
검은 구릉, 검은 허공, 그가 나직이 속삭였다, 사막은
그냥 사람 사는 곳이에요 살아보려고 견딜 수 있는 데까
지 견뎌보지 않으면 모래 구릉밖에 보이지 않습니다 허
무니 절대고독이니 하는 이들은 아직 살아보지 못한 이
들입니다 삶이란 모래와 풀과 바람에 길들여지며 굴러다
니는 거지요 악취도 향기지요

말똥 불똥 냄새 스치면서
밤은 바싹 다가오고
매운 공기,

시퍼런 별빛이 눈을 찌른다

* 오르토즈, 하르막은 낙타가 먹는 풀 이름.

제3부

마지막 그분

7부 능선에서
개활지로 강가로 내려오던 밤

누가 누군지 알 수 없지만
앞선 순서대로 이름 떠올리며
일렬로 숨죽이며 헤쳐가던 길

그분은 맨 끝에 매달려 왔다
질퍽거리는 갈대숲에서
몇번 수신호를 보내도
한 발자국도 움직이지 않았다
깜깜한 어둠속을 한동안 응시하다
군사분계선을 넘어갔다
함께 가자 위협하지도 않고
뒤돌아보지도 않았다

작전에 돌입하기 직전

손마디를 하나하나 맞추며
수고스럽지만 하다가
다시 만나겠지요 하던 그분
숨소리 짜릿짜릿하던 그 순간에
무슨 말을 하려다 그만두었을까
그게 그분의 마지막 말일 수도 있는데
나는 왜 가만히 듣고만 있었을까

창 흔들리다 어두워지고
천장에 달라붙은
천둥 번개 물러가지 않는다

매킨리

가까이 다가갈수록
산이 보이지 않는다
벼랑 위에는 산양
그 아래 회색 곰
벼랑에 길 내고 흘깃거리는 흰 여우

삼청교육대에서 도망 나와
아무데나 서서 살아온 정씨는
물가에 자리잡고 눈을 씻는다
축 처진 어깨선이 물살에 굽이치다
매킨리 주능선으로 바짝 올라붙는다

백야, 발끝부터 어두워진다
백야, 아무도 움직이지 않는다

13구역

지붕 올린 육교를
몽골에 기증한다고
뙤약볕 달궈진 모래 속에서
눈 아리도록 일하던 그대

그댈 황황히 스친 날은 고륜*에서 울란바토르까지 걸었다. 이태준** 선생이 왕진 가방을 들고 말 달리던 거리를 시커먼 매연을 뿜으며 엑셀 중고차들이 달렸다. 선생이 몽골인들 화류병을 치료해준 동의의국(東義醫局)은 친선연세병원으로, 의열단은 선교단으로 바뀌었다. 초원을 달려온 대륙종단열차가 남북을 오르내리는 동안 구릉 위로 봄여름가을 한줄로 붙어 가고 우리는 인공기와 태극기 옆에 불안스레 서 있었을 뿐, 흙먼지 몰아치고 하늘 지워지고 나는 조금씩 사막으로 사라져갔다. 그대는?

두 깃발 사이에서
모래 돌풍 속으로

늦가을 뒤편으로
13구역으로
조금씩 떠밀려간 나날들

　카르르리 향기롭게 잠을 깨우던 까마귀까지 오늘은 까욱 까아욱 울어댄다. 짐 싸다 말고 그대의 벼랑집 주위를 서성이다 안개 속에 잠든 그리운 얼굴 가슴에 품고 돌아선다. 언젠가 두 깃대에 눈발 펄럭이다 휘날리고 우리 헤맨 길에 풀씨 돋아오를 때 어디서든 우리 얼굴 평화로이 마주치리, 잘 있거라 그대여.

　* 울란바토르의 옛 이름.
　** 몽골 마지막 황제의 주치의였던 이태준(1883~1921) 선생은
　　경남 함안에서 태어났다. 1911년 세브란스 의학교(연세의대
　　전신)를 졸업하고 1914년 처남 김규식 선생의 권유로 울란
　　바토르에 들어와 의열단에 가담하고 항일운동을 하는 한편
　　동의의국이란 병원을 열고 위생계몽운동을 벌였다. 그 공로

로 1919년 몽골의 최고 훈장인 '에르데닌 오치르'상을 받았다. 1921년 일본군과 긴밀한 관계를 유지해온 러시아 백위군에 잡혀 생을 마쳤다.

시베리아 1

시베리아 횡단 열차를 타고
지구 저편에서 온 사람들이
긴장된 발걸음으로
뜨루베쯔꼬이* 집으로 들어간다.

19세기 목조 건물 3층집
　지하로 내려가는 줄이 한동안 콱 막힌다. 눈길을 따라
가보니 유럽인은 복제 그림 앞에서 희미한 강제노동 현
장을 들여다보다 가슴에 못박혀 있고 한국인은 귀족 신
분 버리고 남편 따라 유형지에 온 열녀 이야기에 푹 빠져
있다. 소리 없이 하나둘 눈물에 처형된다.

　반지하방 한쪽엔
　뜨루베쯔꼬이의
　녹슬지 않은 쇠사슬과
　어두운 벽면을 밝히는
　뿌슈낀의 형형한 눈빛.

"무거운 족쇄는 떨어지고
옥문은 부서진다"**

* 뜨루베쯔꼬이(1790~1860)는 제정러시아의 전제정치에 반
  발하여 1825년 12월 14일 니꼴라이 1세 즉위식을 기해 혁명
  을 일으킨 제까브리스뜨의 중심 인물. 무기형을 받고 1826
  년부터 1839년까지 네르쩐스끄 탄광에서 복역한 뒤 1839년
  부터 1857년까지 이르꾸쯔끄에서 살았다. 그의 가족이 살던
  집은 1970년 이후 제까브리스뜨 박물관으로 쓰이고 있다.
** 뿌슈낀의 「시베리아에의 전언」 끝부분.

자작나무숲
시베리아 2

1

자작나무숲은 들어갈수록 속이 비워지고 환해진다. 검은 새 몇마리가 나무와 나무 사이를 좁히며 줄 그어진 흰 줄기에 다시 한번 먹줄을 때리며 날아간다. 먹줄선 밑으로 내려앉는 부드러운 구릉과 능선들

　밀밭 끝으로 농가 두어 채
　가물가물 흔들리는
　잎, 잎, 노란 해

누군가 붉은 토끼풀을 어루만지며 산꼬리풀 같은 보랏빛 풀꽃 이름을 묻는다. 그 아래 흰꽃 자주꽃 이름도 묻는다. 저 혼자 중얼거린 것일까? 아무도 듣는 사람이 없다. 원주민들도 자작나무숲 속을 걸어나와 무엇을 하고 있었는지 잊어버리고 텅텅 빈 채 서 있다.

2

벌목장은 이르꾸쯔끄에서
북서쪽으로 몇백리?

북쪽 벌목공들은 숨죽이고
진 흐르는 원목 틈에
어두워질 때까지 숨어 있다가
미친 듯이 숲 속을 빠져나오고 있을까?
몽골에서 사라진 평안도 젊은이는
어디서 쫓기고 있을까?
아직도 먹고살기 위해서?
자유를 위해서가 아니고?

갈 길 바라볼 새 없이
길눈 흐려지고
먹줄 풀린 자작나무들

서서히 제자리로 돌아가고 있다.

시베리아, 시베리아, 시베리아

김포평야

논

행길보다 높은 들마을
울타리 밀어붙인 마당에
서성이는 듯 떠가는 회오리바람

땅주인은 주식투자 하러 가고

갈아엎은 마른 논바닥에
서릿발 하나 보이지 않는다
논두렁은 구불구불 평야를 넘어가고
볏짚 타는 연기 자욱하다
고춧대 콩깍지 늘어선 논두렁길마다
매운 내, 불똥 튀는 소리

멀리 볏단 물고 다니는 트랙터들

까마귀떼는 전깃줄로 날아 앉고
사람들은 논둑으로 쫓겨간다
전깃줄이 흔들린다
논둑이 흔들린다

　　알불

발길로 건드리면 잿더미 속에서
알불이 쓸려나온다

볏짚 찾아 강원도에서 온 이들
불가로 다가앉는다
묻지도 듣지도 않는데
막 돋아난 불길에
맞불을 붙인다

이번이 마지막이야(대관령은 넘지 않겠어)

평생 목장일이라니(그래도 사람보다는 짐승이 낫지)
일거리 천진데 개자식들(짐승만 못하다구?)

누군가 알불을 확 차버린다
해 진 얼굴 위로
불티 번득이며 날아다닌다

해, 아이, 수리조합 1

써레질 끝난 논들은 한 귀퉁이씩
쥐똥나무 밭으로 바뀌고 있습니다.

김포들이 고향인 아주머니만 물꼬를 터놓고 서성댑니
다. 나는 수리조합으로 발길을 돌렸습니다. 빈 미나리꽝
지나 논둑 한가운데에 꼬마아이가 서 있었습니다. 무슨
일이냐고 물으니 고개를 흔들었습니다. 아이 앞에는 삐
이 하는 새소리 같은 작은 풀꽃들이 피어 있었습니다. 별
꽃, 번개꽃, 싸락눈꽃, 그 아래 눈길만 주어도 꽃대만 남
기고 땅속으로 쏙 스며드는 물방울꽃도 피어 있었습니
다. 꽃들 예쁘지 하고 슬쩍 말을 붙여보니 고개를 흔들었
습니다. 그냥 지나치려다 다시 한번 혼자 나왔니, 거기에
도 네 집이 있니 하고 물었습니다. 아이는 여전히 고개를
흔들었습니다. 그때 미나리꽝 가까이 작은 비닐하우스에
서 소년이 아이를 불렀습니다. 나는 허릴 굽혀 아이 옆을
지나쳤습니다. 풀꽃들 사이 노란 싹들이 막 올라오고 있
었습니다. 머뭇머뭇하는 순간, 애 울음소리가 들렸습니

다. 움직이지 말라고 아이가 소리쳤습니다.

보들거리는 미소도 숨결도 없이 몸만 아이의 세상에 들여놓은 것일까요? 풀내 흙내 번져오는 논둑에서 나는 아이보다 더 작게 앉아 마른 벼 끝동아릴 비볐습니다. 짓이겨진 풀에 흙가루를 뿌렸습니다. 아이가 따스히 눈빛을 보냈습니다. 아이가 보낸 눈빛에 실려 흰나비가 날아왔습니다. 흰나비는 내게로 오기 전에 풀과 흙가루에 잠깐 앉았다 날아갔습니다. 문득 바람 불다 그치고 머리 위에 머물렀던 헝클어진 구름이 흐르기 시작했습니다. 나는 아이에게 해를 넘겨받아 가만히 서 있었습니다. 논둑 한가운데에 그 아이처럼.

해, 아이, 수리조합 2

(논물에 가슴을 대고 있으면
쟁기날에 반짝이는 햇빛 한줄기,
아무도 모르게 다가와
논둑에 자리잡는 푸른 산자락,
중풍 걸린 아내 잃고
흐르는 물 속을 들여다보는 아저씨,
울지 않으려고 눈 비비는 길동무,
소 몰아치는 소리에 한낮이 오고 봄에서 구름으로 산
위로 물소리 흐르고 소금쟁이 지나간 자리에 주름 잡히
는 몇겹의 우리 얼굴들)

나는 생각을 멈추고 다시 앞만 보고 걸었습니다. 수리
조합 건물은 한길가 측백나무 아래 비좁게 들어앉아 있
었습니다. 사람은 없고 '관개 급수중' 팻말 밑에 핸드폰
번호가 붙어 있었습니다. 사무실 안쪽엔 서류 뭉치와 컴
퓨터와 새 그림자 어른대는 의자 두어 개, 울안으로 기어
드는 소음에 기대어 정적이 쌓이고 있었습니다. 거기서
조금만 벗어나도 들녘에 연록빛 번지고 트랙터가 움직였

습니다.

　트랙터를 따라다니다 유유히
　땅강아지와 거미를 낚아채는 왜가리들

　논길 풀섶에 검은 비닐 씌우고
　한가로이 농막에 들어앉는 털보 영감

　나는 온 길로 돌아가기 위해 논둑을 멀리 돌았습니다.
늦가을까지 돌아나온 듯 군데군데 풀들이 누렇게 흔들리
고 있었습니다. 미나리꽝에 가까워질수록 길 넓어지고
눈 찌르는 독기, 삐이 하고 새소리 내던 풀도 시들어 있
었습니다. 아이에게서 나에게로 피어오던 풀꽃도 세상도
보이지 않았습니다. 농수로엔 물이 넘쳐 흐르고 있었습니
다. 아주머니가 노란 장화를 신고 길 끝에 서 있었습니다.
농약통을 걸메고 분무기를 든 채 나를 향해 손짓을 했습
니다. 그쪽에서 동네가 시작되고 어둠이 몰려왔습니다.

매향리
황해 3

매향리에서 온 여선생님을 만난 적이 있습니다. 바다를 보여준다고 하여 아내와 함께 그녀를 따라갔습니다. 나이 서른에 처음 보는 바다, 수평선 밑은 다 갯벌이고 암흑이었습니다. 수숫대 스치는 사람 발자국 소리 잦아들자 찐득거리는 갯바람 속에 땅을 찢어 흔드는 폭음만 울려왔습니다. 밀물 때였지만 바다 구경도 못하고 잠자리에 들었습니다. 우리가 꿈속을 뒤집을 때마다 그녀는 부드럽게 우리 얼굴을 더듬어보고 꿈속에 반짝이는 물결을 뿌려놓고 머리까지 이불을 덮어씌웠습니다. 아내는 은빛 손길과 폭음 사이에서 잠을 못 이루는 것 같았습니다. 우리는 결국 뜬눈으로 밤을 새웠습니다.

그녀는 초등학교 선생님이었습니다. 미군 물러가고 아이들이 영혼을 체험할 나이가 되면 시인이 되어 농섬을 영혼의 섬으로 되살리겠다고 하였습니다. 정거장에 서서 그녀는 큰 소리로 말했습니다. "아이들도 없고 꿈꾸는 영혼도 없다면 이 세상에 농섬도 없겠지요? 꿈도 힘이 되겠지요?"

그녀의 말 한마디 새기기 전 귓속에 으르렁거리던 폭약 냄새, 버스는 폭음 소리를 내며 달렸습니다. 그후 버스에서 내리지 못한 채 창가에 붙어 지내다가 노을이 물드는 저녁 다시 매향리로 들어갔습니다. 그녀가 꿈꾸다 놓친 농섬을 끌어안으려고 밀물이 몰려오고 있었습니다. 기총소사에 미사일에 멈칫거리며 몰려오고 있었습니다. 그 선생님과 그 아이들은 자취 없고 농섬은 반쪽만 남아 있었습니다. 사는 일에 눈 어두워져 아무도 본 사람이 없지만 바다 언덕에는 꿈꾸는 작은 발자국들 모여들고 농섬에서는 영혼들이 집단으로 처형되고 있었습니다.

홍주성(洪州城)

큰 느릅나무 아래 성벽 소로를 끼고 가다 둥글게 돌아가는 길모퉁이에서 좁은 골목으로 비좁게 접어들면 뒤꼍이 환히 트이는 남향집, 홍성군 홍성읍 오관리 590번지, 나는 성 밑 남문동에서 태어났습니다,

돌과 나무와 벙어리, 깨어진 머리
그때의 성은 지워져 있고

열세살 되던 해, 겨울,
나는 처음으로 성에 올랐습니다, 아버지가 대서방에 들어가신 줄 모르고 기댈 데 없는 느티나무 근처를 기웃거리다 얼어붙은 길 끝까지 걸어 우연히 성벽에 이르게 되었습니다, 눈덩이를 굴려온 아이들은 성 위에 눈사람을 세우고, 밀어보고, 갑자기 무서워했습니다, 살 끝을 찾아 찌르는 눈보라, 홍주천으로 뻗은 길은 눈을 들쓰고 잠겨 있었습니다, 언 길바닥을 뒤따라오신 아버지는 성의 내력을 물으시고는 국모 시해, 단발령, 을사보호조약,

그리고 창의군의 구국운동을 단숨에 말씀해주셨습니다, 안병찬 의사가 칼로 스스로 목을 찌르고 목에 괸 피로 창호지에 쓴 혈서를 떨면서 듣고 있는 동안 성은 온통 피로 얼룩져 있었고, 눈 속으로 사라진 행인들이 눈발에 비칠 때마다 홍주천에 버려졌던 혼들이 소리 없이 헤매는 듯했습니다

　"지사는 구렁에 빠질 각오 잊지 않고
　용사는 목숨 바칠 각오 잊지 않네
　차라리 머리 없는 귀신이 되지
　머리 깎은 사람은 되지 않으리"*

　물은 물대로, 나는 나대로 흘렀습니다, 반 고비 넘어 물과 합류하였습니다, 자연스레 굽을 대로 굽은 길을 떠돌다 모듬내, 하고개** 기슭을 스칠 때 한번 굽이쳐보고 싶었지만 굽은 길은 굽은 길, 곧은 길마저 저절로 굽이굽이 흘렀습니다

칠갑산 점심골 남의 땅에 얹혀살면서 성을 향해 흐르기 시작했습니다, 집에 드나드는 아저씨가 민종식 의병대장이 살던 집에 살기 때문이었을까요, 범람하는 급류를 타고 사행천을 돌아나왔습니다, 천장리 작은 골짜기 둔덕에 버티고 있던, 수없이 두리번거리고 망설여야 문이 열리던 고택, 구석구석에 나뒹구는 화약통엔 울분이 그대로 채워져 있었습니다, 그 속에 들어가면 이 땅을 위해 매순간 절명(絶命)했던 얼굴 하나하나 살아 움직이는 홍주성이 보였습니다

　김복한홍건이상린송병직안병찬이설김덕진민종식박윤식안창식안병림안항식이규하이세영이식임승주임한주채광묵채규대이종응이두종이봉승이재근유진모박봉진박춘장조항교신영균남사원이천근유치방김연하임헌시최인원박용근김광우조희수정재호황영수박창로정인희곽한일

어느새 나는 살아 움직이는 성 바로 밑에 이르렀습니다, 홍성군 홍성읍 오관리 590번지, 남문동엔 바람 불고, 눈발 날리고, 나는 맨땅에 높이도 깊이도 없는 발자국을 찍어보고 문지르고 다시 성을 바라봅니다

　　바라볼수록 두근거리는 가슴속에는
　　성 밑에 오두막에
　　푹 엎어져 살던 이들
　　돌 하나 쌓으면 피붙이 흩어지고
　　돌 하나 쌓으면 땅 흔들리고

　　구르고 구르는
　　돌, 돌, 돌

　　돌 구르는 소리 맥박을 뒤흔듭니다.

* 1896년 12월 4일, 창의대장이 되기로 한 관찰사 이승우가 변절하여 김복한과 이설을 잡아 가두자 안병찬이 관문을 부수고 들어가다 붙잡혔다. 안병찬은 차고 있던 칼로 자문(自刎)하였지만 죽진 않았고, 목에 괸 피로 창호지에 혈서를 써서 이승우에게 보냈다. 인용된 글은 혈서의 일부이다.

** 모듬내는 1906년 3월 17일, 병오 1차 홍주 의병이 왜군과 처음으로 전투를 벌인 곳이다. 민종식 의병대장이 이끈 3천여 의병들이 모듬내(합천, 현재 청양군 화성면 신정리)에서 전열을 가다듬던 중 정예 왜군의 기습을 받아 격전을 벌였는데, 전투경험이 부족한데다 무기까지 부족하여 패퇴했다. 하고개도 의병 격전지 중의 하나. 행정 구역상으로는 홍성군 홍성읍 옥암리에 속한다.

그대가 누구인지 몰라도 그대를 사랑한다

물안개 속에 떠오른 공제선이
문득 남북으로 갈라선다.

땅속으로 잠복호 밀어 넣고
얼핏 눈에 감겨오는 푸른 강줄기
목에 가슴에 두르고
물안개에 싸여 돌아오는 새벽

바람이 분다, 태극기가 펄럭인다.
바람이 분다, 유엔기가 펄럭인다.
나란히 펄럭이는 두 깃발 사이로
골짝에서 능선으로 누가 올라온다. 정지! 하고 소리쳐
도 서는 시늉만 한다. 손도 올리지 않고 흰 손수건도 없
이 머리 숙이고 흐느적흐느적 걸어 올라온다. 내 몸속에
서 아득히 누가 소리친다.
　(기다려, 거기부터 가시철망
　기다려, 거기부터 지뢰밭

기다려, 거기서 손바닥 보이게
두 손 들고 머리 들고 뒤돌아서!)

물총새! 따오기!

간신히 한마디씩 주고받았지만 양미간에 걸친 흰 능선
이 늘어진다. 가까이 다가올수록 온몸이 따가워진다. 분
계선에서 번개인지 폭우인지 불안인지 공포인지 한덩어
리가 되어 숨결 으스러지게 포옹하고 서로 정신없이 갈
길 간 뒤 이틀 당겨 만나는 우리
　가시철망 앞에 두고
　마주보고 말도 없이
　위험 표지판처럼 서 있는
　우리는 누구인가?

　물총새 따오기 물총새 따오기
　물따총따새따 물따총따새따

오십 개의 스피커에선 조금씩
암호에서 풀려나온 노랫말이 가락 잡아
언덕 위에 '하얀 집'을 올리고 있다.

잠복조는 군화 신은 채 '하얀 집'으로 올라간다. 돌아오면 축축한 매트리스에 깃털 빠진 침낭에 발고린내 나는 잠념만 남아도 노래 흐르는 대로 흐르다 제 곡조 찾아 들어간다. 조상병은 집 나간 아내 찾으러 다니고, 연애편지 대필하던 김병장은 담장에 호박넝쿨 걷어올리다 고향 냇가를 기웃기웃, 남쪽 끝자락에 홀어머니 두고 온 김일병은? 문안 편지 끝에 모월 모일 보리타작하고 모월 모일 일손 빌리고 텃밭엔 채소만 심으라고 추신 붙이다 잠들리.

우리는 벙커 속으로 내려간다. 희미한 불빛 등지고 침상 모퉁이에 앉는 그대, 작전 포기하고 밤새 분계선을 넘어와 다시 분계선 앞에 웅크리고 있는 그대, 무슨 소리가 들리는가? 팀장인가? 키퍼인가? 살아 있는가? 오고 있는가? 구석으로 어두운 곳으로 기울어가는 그대, 딸딸이가 울릴 때마다 고쳐 앉아 줄담배 연기 속에 눈만 내놓고 딸딸이를 구석으로 밀었다 앞으로 당겼다 두 손 가득 얼굴 감싸는 그대, (나는 나의 핏줄이 아니고 그대는 그대의 핏줄이 아니고, 우리는 우리의, 민족의 핏줄이 아니고 아니고 아니고 무엇인가?)

　지지난밤 불붙은 소나기에 머리 데고 오늘은 벙커 울리는 발자국 소리에 가슴 데는 그대, 나도 불기운 스친 얼굴 무심히 감싼다. 그대 마음 쏠리는 곳, 동쪽으로 서쪽으로 가다보면 물 한바가지 마시고 엎어버린 고향 논두렁길에 이르리, 얼음판에 살구꽃 복사꽃 피우는 얼굴들 딸려나오리.

　(그러나 살아서는 돌아갈 데가 없는가
　살아서는 혼도 지닐 수 없는가)

　흘러간 먹구름 하늘 덮어 번져오고

죽은 병사의 부러진 발목
덜렁덜렁 무릎을 치고
돌아갈 데 없는 그대를 향해
중천을 돌고 도는 해,

통문 지나 먼지 속에
지프차 한대 들어온다,
캄캄해진다, 후르르륵
등줄기에 불이 붙는다.

그대 먼발치에서라도 보고 싶다던 그 사람은? 어머니
도 애인도 아닌 그 사람은? 그대가 남긴 담배꽁초와 초조
한 눈빛과 어두운 몸짓과 암호 속에 떨려오던 그대 목소
릴 깊이 간직하리, 살아 있는 동안 떨리는 목소리 울려오
는 곳에서 떨면서 보고 듣고 느끼고 꿈꾸고 피 흐르는 대
로 시를 쓰리. 나를 넘어 그대를 넘어 이념을 위하여 이
념을 버리고 민족을 위하여 민족을 버리고

잘 가라, 두 깃발 사이
우리 땅 어디에도
있지 않았던 그대여,
그대가 누구인지 몰라도 그대를 사랑한다.

실미도

'잠들지 못한 눈 무심히 재우는
일자형 눈썹 같은 산 능선에서
지글거리는 불덩이 가라앉히고
수평선으로 넘어가는 붉은 해를
어두워진 가슴으로 받아
밀물에 밀려나오는 사람들

실미도는 물안개에 지워지다 다시 떠오른다

바람이 서풍에서 북풍으로 바뀔 때
엉클린 물결 거품 물고
날을 세운다, 날에 날을 갈아
단숨에 날아갈 듯
발뒤꿈치 들어올린 무의도로 달려온다

갈 길 놓친 사람들 사이
국사봉 찌그러진 달빛은 번쩍이고

상처 없어도 누가 쓰러진다'

무시 지나 오늘은 몇매인가?
모래밭 높이 그어진 물띠에
나뒹구는 갑오징어 뼈,
휩쓸려 나갈 듯 거듭 떠오르는 수류탄 껍데기

무의도와 실미도 물길에
방향 꺾는 갈매기 날개 같은
휘어진 물줄기들 잦아들면서
갯내 후끈 끼쳐오고
뻘 위에 돋아나는 디딤돌 몇개

건너갈 사람 없어도 모세길이 열린다

나지막한 산기슭 모래 둔덕엔
갯메꽃 몇송이 피어나 있고

물결 소리 빠져나간 나팔귀에
웅웅거리며 날나리떼 모여든다

솔숲 그늘에서 물때표를 보던 사람들, 출입금지 팻말
을 한바퀴 돌아 뻘로 들어선다, 어느 무인도에서 얼핏 스
쳤던 사람들, 개펄 있는 곳은 어디든 배낭 하나 걸머지고
대숙 잡으러 다니는 사람들, 물 빠지기 전에 장화 신고
철벅거리며 들어간다, 모래밭에서 단풍나물 캐며 양식장
지키던 아주머니가 화급하게 말한다, "딴실미*는 뭐 하
러 가요, 거긴 무서운 곳인데요, 사형수들이 난동 부린
곳이에요, 민가도 다 철거되었어요, 버려진 섬이에요,"
그들은 대꾸도 하지 않고 딴실미를 향해 걸어가다 갯구
멍 한번 쑤셔보고 정적을 모조리 조개 무덤에 묻어놓고
섬 모퉁이를 돌아든다, 그들이 사라지자 어디선가 메아
리가 찢어진다, "우리도 살아야지요"

　나는 떨면서 머뭇거린다,

생기 있는 목소리와
살기 띤 공기와
썰물이 당기는 대로?
한발 한발 딸려 들어간다

  흰 모래펄로 물오리새끼들 내려오고, 으깨진 굴껍질이 맨발을 찌른다, 산길은 초입부터 쓰레기 속에 닳고 닳은 채 버려져 있다, 마른 샘 축축이 적시는 녹음 끼고 오르는 솔가지와 거미줄이 서로 얽혀 길을 막는다, 부글거리는 송진 거품, 곤두서는 머리카락, 문득 길이 바뀐다, 꿈자리 사납다고, 고향이 자주 뵌다고, 작전 한번 거르자고, 말 한마디 못하던 전우들 되돌아온다, 철조망을 빠져나온다, 안부 엽서 쓰다 말고 그날, 저마다 불길한 긴장에 둘둘 말려 몸 움츠리고 어둠 기다리고 솔밭 잠복호 속에서 인원 점검, 위장, 쓰다 만 엽서 몇구절 떠올려 수십번 속말로 고쳐놓고 한겹씩 긴장 풀어 탄창 채우는 순간, 난데없는 오발, 안전장치 더듬어보고 숨죽이고

.

북파, 심야방송 끝나기 전에?
북파, 뒤돌아보지 말고?
북파, 저 뒤에서 누가 떠밀어?

잎새 후둑이는 산자락에 몸을 맡겨
배낭에 판초우의 구겨 넣고
빗물에 급류를 타던 우리들,
씻겨진 검댕이 얼굴 내놓고
잡히는 대로 풀뿌리에 매달려
남쪽도 북쪽도 아닌 허공에
가라앉는 손 내뻗던 우리들

누가 누군지도 모르고 암흑 속에서, 북파
얼굴 비비고 뜨거운 손 마주잡고, 북파
빗속에 눈물 감추고 으스러지게 껴안아, 북파

얼굴도 이름도 기억할 수 없는 그대들
　　숨소리와 앙상한 뼈 감촉만
　　몸속에 품고 돌아설 때
　　뒤늦게 떨려오던 발걸음들

　북쪽은 물안개에 잠겨 실미도 같은 섬들 떠다니고, 퍼오르는 안개 누르고 누르던 검은 하늘, 우리는 갈라진 땅 갈라놓고 무슨 생각에 갇혔던가, 산등성을 타고 달려가 푸른 기운 맞이하던 그 새벽에, 조국 잃은 친구까지 숨막히게 불러내던 그 새벽에, 이랴이랴이랴 소 몰고 들판으로 나가던 그 새벽에, 누구를 위해 갈라진 땅 다시 가르고 누구를 향해 자유의 소리 방송을 하였던가

　탁 트인 연병장 터에서
　산길은 끝나고 먼 바다에서
　불쑥 얼굴 없는 얼굴들이 올라온다,
　붉은 딱지 붙어 진학 포기하고

중국집 뽀이가 된 박아무개.
싸리나무 찾아 양봉에 쫓기던 토종벌 몰고
벌통 옮겨가다 영영 자취 감춘 박아무개 가족,

그 사이사이 문신만 남은 그대들은 누구인가
아무 연고자 없이 전과자로
뒷골목으로 감옥으로 전전하다가
실미도로 끌려온 그대들은?
단두대 같은 수평선에 목을 걸고
무엇으로 하루살이 악몽을 넘기고 싶었는가
누구의 조국, 누구의 통일을 위해
그대들의 피를 씻고 씻으려 했는가
디데이 늦춰지고 불안한 나날 속에
대원들 하나둘 생으로 죽어갈 때
―어, ―어, 종적 없이
숨 넘어가는 소리 흉내내는
호랑지빠귀 울음소리에 몸서리치진 않았는가

조국의, 민주의, 통일의 이름으로
하루하루 산 채로 처형된 그대들
갈 데 없는 원혼들은 실미도를 떠돌아다니고 막사 자
리는 칡덩굴에 덮여간다, 타다 남은 몽둥이, 무너지는 축
대들, 벽돌 하나 구르면 칡덩굴이 죽죽 뻗어나가 감아버
린다, 물가 모래땅에 이를수록 소금기에 절여진 악취 배
어들고, 피 끓이고, 손잡이만 남은 스텐 국자는 흰 모래
에 묻혀 씻기고 있다, 빛에, 바람에, 밀물 썰물에,

조류 바꾼 큰 파도에
수평선이 뒤집혔다 출렁, 출렁거린다.

* 주민들은 실미도를 '딴실미'라 부른다.

백두대간 금강산 시화전

1. 상팔담 물소리

소총 앞세워 넘던 길을
시 몇편 걸머지고 넘는다.

해는 첩첩허공을 벗어나
푸른 하늘에 떠 있다.

금강문 지나 흰 바위에
북쪽 안내원들,
낯익은 듯 반갑게 웃는다.
뒤따라오다 이름 부르며
시인들 등짐도 밀어준다,

잎 흐른 나무에 잎 피고
새 흐른 나무에 새 피는 길

관폭정에 이르러
봄빛에 시화 올리자
시와 그림 사이로
상팔담 끝자락 비치고

남이건 북이건
상팔담 물소리로 읽는
눈에 미소에
옥빛 살짝 비친다.

  2. 한동네 사람들처럼

형상 지운 돌들
울퉁불퉁 흐르는 골짜기에
어제 압수당했다 오늘 돌려받은
'백두대간 금강산 시화전'
현수막을 걸었다

현수막이 정열적으로 펄럭여도
오를 때 눈 한번 주지 않고
그냥 스처간 남쪽 사람들
천선대에서 무슨 빛에 씌었는지
귀면암으로 모여든다
몰래 쓰고 다닌 귀면 벗어
바위에 올려놓고
한동네 사람들인 것처럼
북쪽 안내원을 툭툭 치며 웃는다

금강내기 몰아쳐도 봄은 봄
시에서는 이미 봄이 왔다고
뒤늦게 내려온 여성 안내원도
시와 그림 사이에
구름다리 걸치고 서성댄다
치솟다 잔잔해진 대간길에
진달래꽃 한꺼번에 피어난다

금강산에 살다 죽어도

높이 오를수록 땅에 가까워지는
눈잣나무 햇가지 사이로
바위 능선 굽이쳐간다.
고향이 후치령 어디라는
눈이 서글서글한 동갑내기들
세존봉 쇠난간에 기댄 채
산포대를 따라 삼수갑산으로
넘은 산 넘어가고 넘은 물 건너오다
영마루 앳된 잎갈잎에 가슴 에인다.

나는 벼랑 끝에 엎드려
구름 흐르는 대로
장전항에서 온정리로 들어온다,
풀 매는 할배와 이불 걷는 아낙과
뵈지 않을 때까지 흔드는
아이들의 웃는 손에 이끌려
군사분계선을 막 벗어나온다,

비로봉에서 지리산으로
백두대간 줄기차게 뻗어 내려간다.

오, 지리산에 살다 죽어도
백두산에 살다 죽는 한핏줄이여

향로봉에서 그대에게

모래밭 부근에서 갈대 끼고 나는 올라가고 그대는 협곡
으로 내려가고, 서로 엇갈려 생을 나눠 가진 그대와 나,*
그대 아직 기억하는가, 1969년 9월 12일, 유난히 하늘 푸
르고 물새들 후다닥 엉키며 날아오르던 날, 사정거리 밖
으로 물 흘러가고 갈대 서걱이는 소리 안으로 안으로 들
어오다 흘러가고 좁은 강 사이에 두고 총부리 겨눈 채 굳
어 있던 우리, 그대가 협곡으로 사라진 뒤에도 나는 해골
굴러다니는 바위 구멍에서 총부리를 겨누고 떨었다. 물
새들 제자리로 돌아오면서 갈대 속으로 몸을 숨겼다가
하늘 푸르러지는 2004년 11월 14일, 진부령에서 작전도
로를 타고 굽이굽이 긴장된 기억들 돌아나와 향로봉에
올랐다.

눈길 어둡고 아득해도
흰 구름띠 같은 금강산까지
탁 트이는 마루금
협곡의 숨은 강줄기들

동해로 서해로 밀어내고
백두산으로 굽이치는 대간길

그대는 철책 넘어 그 어디서
맨몸으로 마주보는가
우리 있는 곳 그 어디든
사람 사이에 대간길 놓으면
천왕봉으로 장군봉으로
핏속을 달구어 굽이칠 수 있으리
다시 한번 살아서 한 영혼으로

* 졸시 「몽골 북한 대사관 앞을 지나」 중에서.

온정리 길

　다소곳이 고개 숙인 금강초롱을 따라 구룡대에 올랐습니다. 이슬비는 벼랑으로 몰려가다 사라지고 계곡에는 상팔담이 담담히 떠오릅니다. 세번째 옥담은 맑은 안개로 들여다봐야 보이네요. 안개 속에 잠긴 메아리 알갱이들이 물소리에 휘감겨 돌아나가는군요. 폭포를 울리는군요. 선녀와 나무꾼은 온정리로 내려갔군요. 아까 빗속에 서성일 때 옥류동 가리키던 처녀가 선녀였던가요? 축축한 속옷 갈아입으라고 몸으로 가려주던 총각이 바로 나무꾼이었던가요? 아니면? 우리 모두 그 후손들인가요?
　온정리로 가는 길은 상팔담을 돌고 돌아 구룡폭포를 타고 내려가는군요. 눈앞에 어른거리는 금강초롱이 속삭이는군요. 딴 길 찾지 말고 그 길 따라 내려가라는군요, 외길이라고

■

해설

하산(下山)하는 마음

최원식

1. 탈주의 끝

신대철 시인의 두번째 시집 『개마고원에서 온 친구에게』(2000)를 받아들고, 오래 소식 끊긴 벗으로부터 편지를 받았을 때처럼 반가웠다. 첫 시집 『무인도를 위하여』(1977) 이후 얼마 만인가? 유신체제가 막바지를 향해 치닫는 그 시기에 출현한 이 시집은 돌올하다. 그런데 인간 바깥의 세계로 탈주하려는 비원(悲願)에 지핀 이 시집의 초절적(超絶的) 지향이 귀족적 고답(高踏)에서 온 것이 아니라는 점이 흥미로웠다. 남북이 날카롭게 대치한 군사분계선의 군대 체험에서 우러나온 「X」와 「우리들의 땅」

이 단적으로 보여주듯이, 그는 결코 청록파 또는 전원파의 아류가 아니다. 그럼에도 언뜻언뜻 비치는 강렬한 사회성을 상쇄하는 초월에 대한 의식적·무의식적 지향 또한 너무나 치열해서 기묘한 모더니스트라는 느낌도 없지 않았다.

그런데 건조한 모더니스트라기에는 그의 서정은 너무나 근원적이다. 가령 『무인도를 위하여』를 여는 시 「흰나비를 잡으러 간 소년은 흰나비로 날아와 앉고」를 보자.

죽은 사람이 살다 간 南向을 묻기 위해
사람들은 앞산에 모여 있습니다

죽은 사람은 죽은 사람, 소년들은 잎 피는 소리에 취해 산 아래로 천 개의 시냇물을 띄웁니다. 아롱아롱 산 울림에 실리어 떠가는 물빛, 흰나비를 잡으러 간 소년은 흰나비로 날아와 앉고 저 아래 저 아래 개나리꽃을 피우며 활짝 핀 누가 사는지?

조금씩 햇빛은 물살에 깎이어갑니다, 우리 살아 있는 자리도 깎이어 물 밑바닥에 밀리는 흰 모래알로 부서집니다.

142

죽은 사람은 죽은 사람,

흰 모래 사이 피라미는 거슬러오르고

죽은 사람은 죽은 사람,

그대를 위해 사람들은 앞산 양지 쪽에 모여 있습니다.

—「흰나비를 잡으러 간 소년은 흰나비로 날아와 앉고」전문

1970년대에 생산된 가장 아름다운 서정시의 하나로 꼽힐 이 시는 "앞산 양지쪽"에 웅기중기 모여 죽은이의 무덤을 남향받이에 모시는 간소한 장례풍경을 따듯하기 그지없는 어조로 노래한다. 그런데 2연이 암시하고 있듯이, 이 장례식은 "저 아래" 즉 개나리꽃 만발한 산 아랫동네가 아니라 그로부터 소외된 외딴 산촌의 행사다. 소년들이 산 아래로 천 개의 시냇물을 띄워 보낸다는 것이 "저 아래"에 대한 안타까운 동경을 상징할진대, 마을에서 쫓겨온 산촌 사람들의 이 조촐한 장례는 또 얼마나 가여운 일인가? 세상과 격절된 채 이름 없이 죽어간 망자를 묻는 산촌의 가난한 행사에 저 아래에서는 오직 피라미 한 마리만 거슬러오른다. 소년마저 흰나비로 날아와 앉음으로써 풍경은 완성된다. 장례행렬 앞에 나타나곤 하는 흰나비를 죽은 조상의 넋으로 여기는 속설을 감안할 때, 흰나비가 된 소년의 형상에서 우리는 이 아름다운 서정

시를 아련히 감싸는 찌르는 듯한 비애의 고갱이에 감촉할 것이다. 이 시는 일종의 진혼곡이다. 그런데 삶에 틈입(闖入)하여 삶을 "깎"고 "부숴"버리는 죽음 일반이 아니라 무명(無名)의 죽음에 헌정된 것이다. 시인은 몇번이고 다짐한다, "죽은 사람은 죽은 사람"이라고. 그것은 삶과 죽음을 칼같이 가르는 무정한 상징행위가 아니라 비애는 비애대로 간직하되 살아남은 자는 삶에 순명(順命)하는 지극한 수락의 순간을 드러내는 터다. 도대체 이 시인을 사로잡은 그늘의 정체는 무엇일까? 나는 그것이 늘 궁금했다.

무려 23년 만에 긴 침묵의 강을 넘은 그의 두번째 시집은 거친 유랑의 흔적으로 임리(淋漓)하다. 백두대간의 모든 능선들을 답파하는 이 고독한 빨찌산의 잠행(潛行)은 세계의 오지로 확대된다. 탈주는 여전히 진행중이었던 것이다. 그런데 알래스카 연작이 잘 보여주듯이, 그의 탈주는 늘 실패한다. "모든 시간은 태초로 되돌아가고 / 툰드라엔 광물질만 남는 고독"(「금강의 개마고원에서」)의 극지에서도 시인은 운명처럼 한반도와 해후한다. 알래스카 최북단 포인트 배로에서 시인은 남과 북의 이탈자들과 눈물겨운 친교를 나누니, 참으로 가이없는 일이다. "조국과 멀어질수록 / 조국과 가장 가까워지는"(「Sam and Lee」) 이 진부한 역설이 악령처럼 생생하다.

기실 오지 여행은 시간 여행이다. 악몽의 기억으로부터 탈출하려는 염원과 그 기억의 정체와 대면하려는 의지 사이의 무한한 분열 속에서도 이 시집은 첫 시집에서 한걸음 나아간다. 시인은 자신의 상처, 특히 유년의 기억에 대해 이야기하기 시작한다. 샤흐라자드가 이야기를 통해 상처받은 샤흐리아르 왕의 내면을 치료하는 『천일야화(千一夜話)』를 상기하면, 시인이 이야기하기를 시도한다는 의미가 짐작될 것이다. 「수각화(水刻畵) 1」에 암시되듯이 그는 화전민이었다. 아버지의 부재로 말미암아 산골로 쫓겨온 파산의 경험은 그의 시에 있어서 원초적 질병이다. 그런데 "종적 없는 아버지"가 환기하듯이, 이 경험이 해방 직후에서 6·25에 이르는 치열한 좌우익 갈등과 무관한 것이 아니다. 유년의 상처와 대면하는 작업을 중핵으로 하는 이 시집에서 시인은 매우 독특한 방법을 실험한다. "언제나 나 없이 완성된 풍경이 나를 기억하고 불러들인다."(「첫 기억」) 기억의 복원을 위해 시인은 서재에서 연필을 드는 대신 답사를 선택한다. 그곳에 가서 그 장소의 혼에 의지하여 기억이 스스로 복원되기를 기다림으로써 잃어버린 기억의 고리를 찾아내는 방식이다. '사료가 나를 통해 말하게 한다'는 톰슨(E. P. Thompson)과 상통하는 방법으로 시인은 기억의 자의성을 제어하면서 기억을 역사로 들어올리는 것이다.

이 과정에서 가장 생생한 한국전쟁의 삽화들이 제출된다. 사랑에 빠져 탈영한 인민군 남녀의 전말을 노래한 「황해 1」은 압권이다.

(…) 젊은 남녀는 뙤약볕 속에 찢어진 텐트 하나 치고 낮에는 숨어서 훗날 노모와 함께 평강 고원 초록빛 구릉에 옥수수 잎 넘실거리는 긴 밭고랑 풀 매는 꿈을 꾸고 저녁에는 될수록 멀디먼 동네를 돌고 돌아 구걸했습니다, 날이 지나면서 꼴 베는 동네일도 거들어 주민들 얼굴에 얼굴을 익혔습니다, 푸른 강 푸른 하늘이 짙푸르러지는 곳에서 동네 아이들과 헤엄치며 슬슬 다가오는 먹구름떼를 시커먼 송사리떼 속으로 줄줄이 몰아붙이고 한 옥타브 높아가는 종달새 노래에 실어 송장메뚜기도 높이 날렸습니다, 그날 밤이던가요, 젊은 남녀가 아이들의 꿈결 속에서 송장메뚜기를 끝없이 날리고 있을 동안 낙동강 전투에서 피투성이가 되어 막 돌아온 마을 청년이 어둠 속을 낮은 포복으로 기어갔습니다. 탕! 탕! 탕, 마지막 총성은 끝내 들리지 않았습니다.

금강은 그 총구멍 속을 유유히 흘러흘러 바다로 나

갑니다, 파도가 없어도 울렁이는 황해로요.

—「황해 1」부분

이 슬프게 아름다운 산문시 역시 진혼곡이다. 시인은 한국전쟁의 피비린내 속에서 간신히 보호된 위생병과 간호원 출신 인민군 남녀의 '오래된 정원'이 맞이한 파국을 앨쓴 절제로 진혼한다. 아마도 시인은 그들과 즐거이 헤엄치던 동네 아이였을 터인데, 시인은 파국의 집행자, 마을 청년을 용서한 것일까? 문득 그 청년이 "인민군과 싸우다 부상당한 삼촌"(「첫 기억의 끝」)일지도 모르겠다는 엉뚱한 생각도 슬그머니 든다. 이 산문시의 핵은 마을 청년이다. 미친 세월의 바람에 씌어 이 연인들을 살해한 그의 불쌍한 영혼을 시인은 이제 진혼하는 것일까? "파도가 없어도 울렁이는 황해"로 "유유히 흘러"가는 금강을 바라보면서 시인은 기억 속에 되살아난 피살자와 살해자의 영혼을 함께 천도한다.

2. 작별의 예식, 또는 귀환의 노래

두번째 시집을 낸 이후 시인은 그동안 차마 이야기하

지 못했던 가장 깊은 슬픔을 마침내 풀어내기 시작한다. 그는 북파공작원을 넘기고 받는 비무장지대 최일선 GP 장교였던 것이다. 이제야 그를 오지로 몰아넣은 악몽의 정체가 드러났다. 제3시집 『누구인지 몰라도 그대를 사랑한다』의 「시인의 말」에서 시인은 마침내 그 일을 발화한다.

사방에 파놓은 비트를 들락거리며 밤새워 공작원을 넘기고 기다리던 그 하루하루, 그때 나는 살기 위해서 틈만 나면 안전 소로를 확보하려고 자주 분계선을 넘나들었다. 세상에서 고립된 채 혼자서 오직 작전 준비에만 몰두하였다. 작전이 끝나면 돌아오면서 길을 폐쇄하려고 수십개의 지뢰와 부비트랩을 매설하였다. 매설하고 제거하고 매설하고 제거하기를 수십번, 그러나 정작 GP를 철수할 때에는 너무 긴급하여 지뢰와 부비트랩을 제거하지 못한 채 목측과 지도 표기로만 인계인수를 하고 비무장지대를 벗어나왔다.

그리고 악몽이 시작되었다. 피투성이가 된 공작원과 GP 요원들이 수시로 찾아왔다.(⋯) 나는 시를 버렸다.

영화 「실미도」(2003)로 이제는 널리 알려진 북파공작원은 그동안 우리 사회에서 침묵 속에 억압되었던 가장 은밀한 하위자(subaltern)였다. 존재와 비존재의 경계에서 마치 유령처럼 떠돌던 그들이 민주화의 진전 속에서 하나의 집합적 기억으로 복권되고 있다. 이 과정에서 시인도 자기 안에 억압된 것들에 혀를 다는 작업을 간신히 시작한다. 「마지막 그분」은 기억의 금고에서 조심스레 꺼낸 대표적 시다.

7부 능선에서
개활지로 강가로 내려오던 밤

누가 누군지 알 수 없지만
앞선 순서대로 이름 떠올리며
일렬로 숨죽이며 헤쳐가던 길

그분은 맨 끝에 매달려 왔다
질퍽거리는 갈대숲에서
몇번 수신호를 보내도
한 발자국도 움직이지 않았다
깜깜한 어둠속을 한동안 응시하다
군사분계선을 넘어갔다

함께 가자 위협하지도 않고
뒤돌아보지도 않았다

작전에 돌입하기 직전
손마디를 하나하나 맞추며
수고스럽지만 하다가
다시 만나겠지요 하던 그분
숨소리 짜릿짜릿하던 그 순간에
무슨 말을 하려다 그만두었을까
그게 그분의 마지막 말일 수도 있는데
나는 왜 가만히 듣고만 있었을까

창 흔들리다 어두워지고
천장에 달라붙은
천둥 번개 물러가지 않는다

—「마지막 그분」 전문

아마도 천둥 번개 치는 불면의 밤, 빈방에 누워 어떤 북
파 행렬 속에 또렷이 살아오는 '그분'과의 마지막 작별을
생생하게 재현하고 있는 이 시를 통해 북파공작원이 우
리 문학에서 처음으로 유령에서 사람으로 변신한다. 무

슨 부탁을 시인에게 하려다가 그 부질없음에 '다시 만나겠지요'라고 더듬듯 말을 돌려막은 이 기막힌 작별 속에 시인은 '살아남은 자의 슬픔'을 자신의 몫으로 고스란히 떠맡을 뿐이다. 어떤 의지가 있어 시인을 분단체제의 가장 은밀한 악령의 목격자로 예비해두었을까? 지옥의 강을 건네는 비통한 차사(差使)로 차출된 시인에 의해 한국 현대사의 가장 깊은 어둠이 섬광처럼 드러났던 것이다.

그러나 아직 시인은 자유롭지 못하다. 내면의 격정을 높은 절제 속에 평담한 경지로 들어올림으로써 사건의 비극성을 전달하는 데 성공한 「마지막 그분」과 달리, 북파공작에서 취재한 여타 시들, 예컨대 「그대가 누구인지 몰라도 그대를 사랑한다」와 「실미도」가 시적 압축에 실패한 데서 드러나듯이, 시인은 여전히 그 경험에 압도되고 있는 것이다. 말이 쉽지 어찌 그러지 않을 수 있으랴? 지금 우리가 주목할 점은 그가 긴 탈주의 끝에서 이 악몽의 기억과 혼신의 힘으로 대면하기 시작했다는 점이다.

이 시집 도처에서 우리는 귀환의 의지를 읽는다. "저 물소리 당신의 메아리로 들리면 메아리 울리는 동안 천천히 뒤돌아보며 협곡을 빠져나가고 싶습니다"(「협곡 1」). 운명의 덫에 치여 출구 없는 협곡에 빠져 방황하던 시인은 마침내 "협곡을 빠져나가고 싶"다고 희망한다. 이 희

망이 중요롭다. 협곡에 빠진 것은 비의지적이었지만 협
곡에서 방황한 것은 살아남은 자의 의지적 자책에 말미
암은 바 크기에 이 희망은 새 단계를 머금은 것이다. 더
구나 "천천히 뒤돌아보"면서 나오겠다는 것은 그의 정신
이 한결 평형을 찾았음을 의미한다. 시인은 말하자면 회
복기에 들어선 것이다. 그리하여 시인은 악몽의 기억들
에 작별을 고한다. "나보다 먼저 / 바람에 불려가는 그대
여 / 잘 가거라 / 길 가다 온몸 아려오면 / 그대 스친 줄 알
리"(「바람불이 2」). 그런데 악몽들과 완벽한 단절을 꿈꾸는
것은 아니라는 점에 유의해야 한다. '나'와 '그대'는 아주
자연스럽게 그리고 따듯하게 교감한다. 나아가 시인은
저 높은 산정에서 중음신으로 떠도는 망령들에게도 부드
럽고 간절하게 하산을 권고한다. "그만 내려오세요 할머
니 / 길 묻히고 아주 지워지기 전에요"(「패랭이꽃」). 이는
죽은 혼에 주는 것이자 시인 자신에게 건네는 말이기도
하다. 절정에서 절정으로, 극지에서 극지로, 그리고 오지
에서 오지로만 떠돌던 시인의 비통한 편력기가 이제 종
언을 고하는 단계에 이르렀음을 암시하는 것이다.

　「물돌이동」은 그 모든 망령들과 함께 하산하는 시인의
귀환을 상징적으로 보여준다.

개 짖는 소리
사람 부르는 소리
노란 호박꽃 속에 잉잉거리는 마을
호박꽃술 묻히고 들어서면
어디든 문이 열렸습니다.

강남에서 온 제비는 문패 위에 벌써 둥지를 틀었군
요. 한 배 불려 그 옆에 새 둥지를 트는군요. 개흙 바르
고 지푸라기 물어 오고 흐르는 마음도 물어 가는군요.
우리는 무심히 강남 쪽을 바라보았습니다. 물길 따
라 소나기 몰려가다 갑자기 사라지던 곳, 제비 날개에
무지개 걸리고 따발총 소리 울려오고 숨막혀오던 곳,
그 아득해진 곳에서 제비만 돌아와 있군요.

흰 구름 밑으로
우리도 돌아오는 중일까요
물소리 흔들며 흘러온 목소리들
아르방 다리 부근에서 잔잔해지고 있습니다.
— 「물돌이동」전문

"모든 산봉우리 위에는 / 고요"(Über allen Gipfeln / Ist

Ruh)라고 읊조리며 질풍노도 시대를 마치고 자신의 운명과 화해한 괴테처럼, 시인도 "흰 구름 밑" 인간의 마을로 귀환하고 있다. 유년을 습격한 6·25, 또 한번의 6·25였던 북파공작의 악몽들을 다스리고 이제 지상으로 귀환한 시인이 어떤 시의 집을 건축할지 벌써 궁금해진다.

崔元植 | 문학평론가, 인하대 국문과 교수

■

시인의 말

물안개, 원무지개
푸른 강, 흰 모래밭

GP에 들어와 처음 분계선으로 내려갔을 때 나는 비무
장지대의 아름답고 평화로운 풍경에 당황했다. 잔잔한
물 위에는 한가하게 물오리떼가 노닐고 있었고 아직도
사람이 살아가고 있는 것처럼 솔숲엔 마을로 들어가는
오솔길이 그대로 남아 있었다. 갈대 사이에 숨어서 훔쳐
보다 눈 에이고 숨막히던 그을린 주춧돌과 부서진 배와
물 속의 흰 구름, 그러나 작전에 돌입하면서 모든 풍경들
은 금시 장애물로 바뀌었고 공포의 대상이 되었다.
　나는 지금도 육체와 정신이 분리되면서 살기 띤 침묵
과 고독과 불안이 한덩어리가 되어 눈앞에 둥둥 떠다니
던 그 순간들을 잊을 수 없다. 사방에 파놓은 비트를 들
락거리며 밤새워 공작원을 넘기고 기다리던 그 하루하
루, 그때 나는 살기 위해서 틈만 나면 안전 소로를 확보

하려고 자주 분계선을 넘나들었다. 세상에서 고립된 채 혼자서 오직 작전 준비에만 몰두하였다. 작전이 끝나면 돌아오면서 길을 폐쇄하려고 수십개의 지뢰와 부비트랩을 매설하였다. 매설하고 제거하고 매설하고 제거하기를 수십번, 그러나 정작 GP를 철수할 때에는 너무 긴급하여 지뢰와 부비트랩을 제거하지 못한 채 목측과 지도 표기로만 인계인수를 하고 비무장지대를 벗어나왔다.

그리고 악몽이 시작되었다. 피투성이가 된 공작원과 GP 요원들이 수시로 찾아왔다. 당시엔 고통을 드러내고 남북이 정서적으로 화해를 이루는 생명적인 시들을 쓰고 싶었는데 현실은 '우리들의 땅'조차 온전히 받아들이지 않았다. 체험적인 진실과 창조적인 진실 사이에서 나는 아무것도 할 수 없었다. 나는 시를 버렸다. 그 뒤 고통스럽게 몰려오던 혼란과 방황, 그리고 동족으로부터의 소외, 그게 내가 감당해야 할 삶의 양식이었다. 이 시집은 오랫동안 아물지 않던 그 몸부림의 흔적에 지나지 않는다. 나는 비무장지대에 떠도는 젊은 영혼들에게 이 시집을 바치고 싶다.

2004년 11월 14일
백두대간을 타고 향로봉에서
신대철

창비시선 242

누구인지 몰라도 그대를 사랑한다

초판 발행／2005년 2월 20일

지은이／신대철
펴낸이／고세현
편집／고형렬 김정혜 문경미 안병률 김현숙
미술·조판／정효진 신혜원
펴낸곳／(주)창비
등록／1986년 8월 5일 제85호
주소／경기도 파주시 교하읍 문발리 513-11
　　　우편번호 413-832
전화／031-955-3333
팩시밀리／영업 031-955-3399·편집 031-955-3400
홈페이지／www.changbi.com
전자우편／literat@changbi.com

ISBN 89-364-2242-1 03810